AF357417

LES JEUX

DES DIFFÉRENTS AGES

HEZ TOUS LES PEUPLES DU MONDE

DEPUIS L'ANTIQUITÉ LA PLUS RECULÉE JUSQU'A NOS JOURS

PREMIÈRE SÉRIE

JEUX ET DIVERTISSEMENTS DE L'ENFANCE ET DE LA JEUNESSE

JEUX DE JARDIN, ETC. — JEUX D'ACTION. — JEUX D'ATTRAPE. — JEUX D'ADRESSE. — EXERCICES
T AMUSEMENTS DIVERS. — BALLE. — BALLON. — BILLES. — CERCEAU. — VOLANT. — BILBOQUET. — DIABLE. — CORDE.
— TOUPIE. — POUPÉE. — GLISSADES. — ESCARPOLETTE. — BOULES. — QUILLES. — PALET.
— SABOT. — CERF-VOLANT. — CHEVAL-FONDU. — JEUX-RONDES, ETC.

SOUS LA DIRECTION DE

M. BESCHERELLE AINÉ

ILLUSTRÉS PAR MM. HENRY ÉMY, ETC.

A PARIS

CHEZ MARESCQ ET COMPAGNIE,
ÉDITEURS DE CET OUVRAGE,
RUE DU PONT-DE-LODI, 5 (PRÈS LE PONT-NEUF).

CHEZ GUSTAVE HAVARD,
LIBRAIRE,
RUE GUÉNÉGAUD, 15 (PRÈS LA MONNAIE).

1851

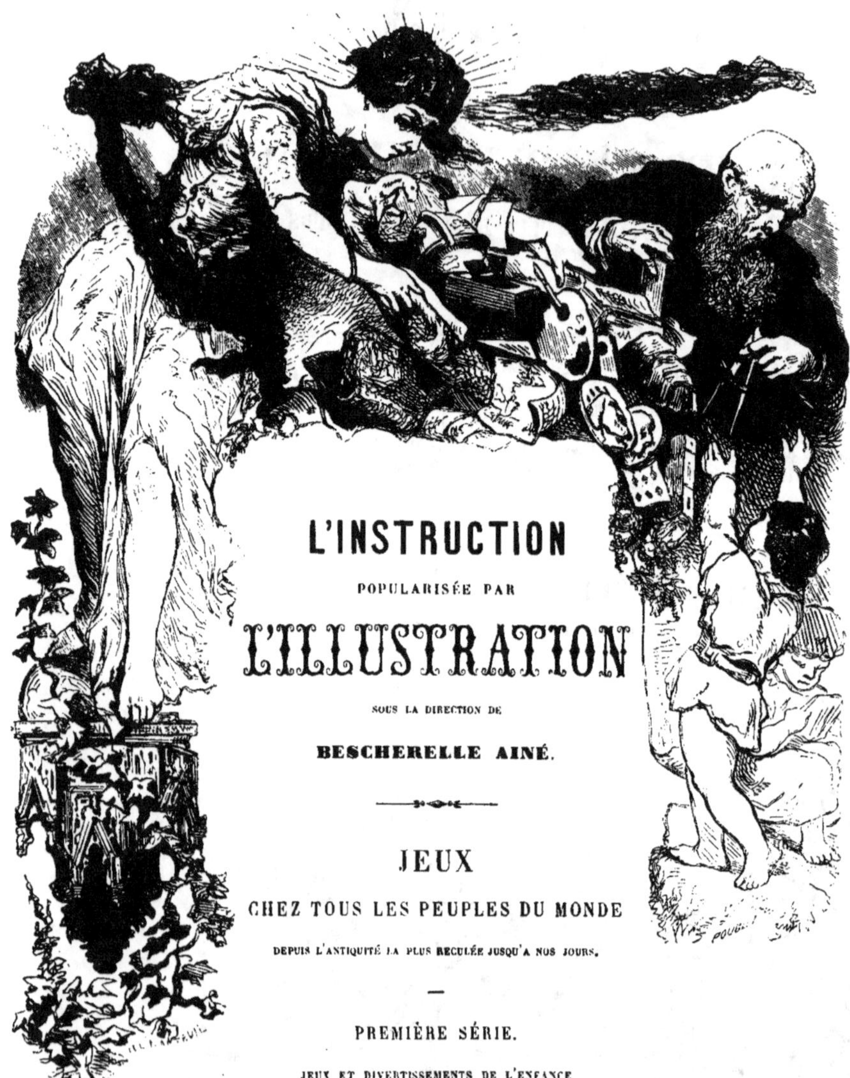

Jeux de jardin, de parc, de cour, etc.— Jeux d'action.— Jeux d'attrape.— Jeux d'adresse.— Exercices et amusements divers.— Bille — Ballon. — Billes.— Cerceau.— Volant.— Bilboquet.— Diable. — Corde. — Toupie. — Poupée. — Glissades.— Balançoire.— Escarpolette.— Boules. — Quilles.— Boules de neige.— Bulles de savon.— Palet. — Sabot.— Cerf-volant. — Cheval fondu. — Rondes. — Jeux-rondes, etc.

INTRODUCTION.

Les *jeux* nous prennent au berceau et contribuent à nos délassements jusqu'à notre dernière heure. Ils sont de tous les âges, de tous les temps, de tous les peuples, de toutes les classes. La croix d'or suspendue au cou de la mère, le moindre ruban de ses cheveux, un dé à coudre, le plus petit hochet, tout ce qui s'offre aux regards avides de l'enfant encore au berceau devient pour lui un *jouet*. Bientôt l'enfant se traine sur ses petites mains, il marche, il court, il saute, il devient turbulent, il lui faut alors d'autres *jouets* plus en rapport avec son impétuosité : ce sont des *chevaux de carton* qu'il fouette impitoyablement pour les arracher à une immobilité qui fait son désespoir; ce sont des *voitures roulantes*, des *polichinelles*, des *diables*..... ou une jolie *poupée* qu'on habille et qu'on déshabille incontinent, une *poupée* qu'on boude, qu'on gronde, qu'on bat, qu'on caresse tour à tour, qu'on prend et qu'on rejette dix fois dans une heure. L'enfant grandit toujours, un horizon plus vaste vient se dérouler à ses yeux insatiables; il ne peut plus vivre dans un monotone intérieur, il lui faut le grand air, des promenades, des jardins, de vertes pelouses, des *billes*, des *balles*, des *cerceaux*, des *cordes*, des *toupies*, que sais-je? tout ce qui roule, tout ce qui saute, tout ce qui bondit, tout ce qui a de la vie et du mouvement. Heureux âge!

Voilà les trois premières périodes des *jeux* chez les enfants : chacune d'elles est marquée par un besoin plus grand de mouvement, d'expansion, qui amène nécessairement une modification graduée, dans les jeux. Tout cela est en rapport avec les facultés intellectuelles du jeune âge et sagement mesuré sur ses forces physiques, que les *jeux* ont contribué à développer à un si haut degré. Maintenant les jeux vont laisser à la nature le soin de perfectionner son œuvre et ne seront désormais qu'un *exercice de l'intelligence*, qu'un *délassement de l'esprit*.

Ici se présente une difficulté qu'il n'est pas facile de résoudre. Où finit la dernière période que nous venons d'esquisser et où commence la nouvelle? A quel âge les *jeux* animés, bruyants, cèdent-ils leur place à des *jeux* plus graves, plus réfléchis? Il n'existe pas de démarcation bien tranchée entre ces deux époques, qui varient avec le tempérament, le climat, les sexes, le degré d'intelligence, la sphère sociale dans laquelle on vit; mais on peut assurer que cette transformation morale s'opère entre treize et seize ans ; alors l'*enfance* disparait pour faire place à la *jeunesse*; un instinct de *sociabilité* se révèle, le désir de briller, d'être remarqué, domine tous les autres..... les *jeux de salon*, de *société* ou *innocents* commencent.

Que dire de ces *jeux innocents* qui soit nouveau pour nos lecteurs? Quelle est celle de nos aimables lectrices qui n'a senti son cœur battre pour la première fois dans ces *jeux* de *main-chaude*, du *furet*, de *ma petite boîte d'amourettes*, de *colin-maillard assis*? Quelle est celle qui n'a senti ses joues s'empourprer à une de ces douces pénitences imposées pour une distraction le plus souvent préméditée? Que d'heureuses mères doivent tout leur bonheur au trouble de l'âme dont elles ont été saisies dans les *aunes d'amour*, la *scie*, la *chatte*!... Livrez-vous, sans regrets ni remords, avec toute l'ardeur de votre folle jeunesse, à ces *jeux innocents*, ils ne dureront pas toujours, car bientôt l'âge des soucis arrivera, votre vie sera traversée, avant peu, de mille tribulations!

Mais est-ce là toute la nomenclature des *jeux*, et n'en est-il qui puissent distraire l'âge mûr, faire oublier à la vieillesse qu'elle approche du terme de sa course? Sans doute, les *cartes*, les *dés*, le *billard*, le *domino*, peuvent captiver pour quelques moments notre attention, mais malheur! trois fois malheur! à celui qui verrait dans ces *jeux* autre chose qu'un délassement de l'esprit, à celui qu'une vraie inclination pour le jeu dominerait ; car cette inclination deviendrait bientôt une *habitude*, l'habitude une *nécessité*, la nécessité une *passion*, de toutes la plus dangereuse, la passion du jeu! Le tapis vert toujours entouré, la roulette toujours béante, engloutiraient avant peu la plus brillante fortune, et il ne resterait à l'époux sans cœur, au père sans entrailles, qu'un seul remède à ses remords poignants..... le *suicide!*

Leibnitz a dit : « Les hommes n'ont jamais montré tant de sagacité que dans l'invention des jeux. » Pascal, dans ses *Pensées* sur les divertissements, en indique la véritable cause. On ne saurait imaginer combien, dans tous les temps et chez tous les peuples, on a dépensé d'invention pour varier les moyens de se réjouir l'esprit, de se distraire de l'ennui et de l'inquiétude qui sont au fond de notre nature. La liste seule, non pas des jeux, mais uniquement des auteurs qui ont écrit sur les jeux, formerait un assez gros volume.

Que nos lecteurs se rassurent. Si nous nous proposons de donner, en plusieurs petites séries, une Encyclopédie complète des jeux, nous ne choisirons toutefois que les plus jolis et les plus intéressants. Nous ne nous bornerons pas à ceux qui sont en usage actuellement et chez nous ; nous dirons aussi quels étaient les jeux de nos pères et ceux des anciens peuples. Cela servira le projet que nous avons de peindre au vif, peu à peu, et sous toutes sortes de points de vue, l'histoire si curieuse des mœurs, usages et coutumes de tous les peuples.

La série que nous publions aujourd'hui ne renferme que les jeux de l'enfance et de la jeunesse, c'est-à-dire tous les jeux qui demandent du mouvement, de l'action, et qui exigent une cour, un jardin, un parc, en un mot le grand air. La plupart de ces jeux sont précieux pour la jeunesse, sous le rapport de la gymnastique. Qui ne sait que c'est en jouant aux *barres*, au *cerceau*, à la *balle*, etc., que les écoliers prennent l'exercice nécessaire au développement du corps? Il en est d'autres qui ne conviennent qu'aux jeunes filles, et un plus grand nombre qui demandent le concours des deux sexes. Tous ces divertissements ont leur avantage, car c'est en se livrant, sous les yeux de ses parents, à de petits jeux choisis, qu'une jeune personne surmonte ce pénible et ridicule embarras qu'elle a contracté loin du monde; qu'elle apprend à répondre sans gaucherie, à chanter sans contraindre les gens à la prier malgré eux.

Les jeux des enfants ne sont pas indignes de l'attention du philosophe. On y trouve souvent un tableau de la vie humaine. Presque tous en général et chez tous les peuples, on les voit se rattacher aux mœurs et aux coutumes des peuples parmi lesquels les enfants ont pris naissance et ont été élevés. A la Chine, à Siam, etc., on trouve beaucoup de jeux sédentaires; dans la Perse, des jeux de chasse; chez les Grecs, des exercices qui imitent les jeux olympiques; les Italiens ont plusieurs jeux où l'on se cache; les Anglais, des luttes et des batailles; les Français ont mille jeux qu'ils prennent et quittent tour à tour... Mais nous ne pousserons pas plus loin cette idée, qu'il serait si facile de développer au grand ennui de nos lecteurs. Nous leur ferons grâce d'une dissertation en règle.

Quelques-uns des jeux que nous avons décrits ont fourni des images à plusieurs poëtes, et nos fabulistes ont su en tirer parti. Nous avons rapporté les fables où il nous a paru qu'ils avaient bien réussi dans la peinture de quelque jeu de l'enfance, et dans la moralité que ce jeu leur avait inspirée. En un mot, si notre livre n'est pas intéressant, ce ne sera pas faute de recherches, car fables, histoires, voyages, nous avons tout lu, tout feuilleté. Quant aux ouvrages, en si grand nombre, sur les jeux, ils nous ont été utiles sans doute ; mais, dans les rares emprunts que nous leur avons faits, nous avons dû leur faire subir d'importantes modifications sous le rapport du style, car on ne peut rien voir de plus mal écrit. Nous en excepterons toutefois l'ouvrage du P. Adry sur les jeux de l'enfance, et celui de madame Celnart sur les jeux de société. Ce sont les seuls livres qui nous aient été réellement de quelque secours.

Nous ne terminerons pas sans donner un conseil aux jeunes gens. Il ne faut pas que le jeu leur fasse négliger leurs leçons; qu'ils apportent, dans leurs études, la même ardeur qu'ils mettent dans leurs récréations. Ils doivent se persuader que le véritable usage du jeu est de rendre à l'esprit toute sa force et sa vigueur :

> Sic ludus animo debet aliquando dari
> Ad cogitandum melior ut redeat tibi.

> (Phædri, lib. III, fab. IV.)

En un mot, nous conseillerons à la jeunesse d'imiter le jeune Joseph de Maistre : lorsque l'heure de l'étude marquait la fin de la récréation, son père paraissait sur le pas de la porte du jardin, sans dire un mot, et il se plaisait à voir tomber les jouets des mains de son fils, sans que celui-ci se permît même de lancer une dernière fois la boule ou le volant.

BESCHERELLE aîné.

ABSORPTION (L'). Ce n'est pas précisément un jeu, mais une succession de plaisanteries et de bouffonneries qui ont lieu à l'Ecole polytechnique. Il faut savoir qu'on appelle *taupin* le candidat qui se présente à la *colle* (à l'examen) d'admission. Lorsque le *taupin* a été admis, il devient conscrit, et, comme tel, *tangent à l'absorption*. Cette cérémonie, qui s'accomplit annuellement d'octobre à janvier, pendant les récréations, a été imaginée par les anciens élèves pour dépayser les nouveaux, les initier aux habitudes de l'Ecole, les accoutumer au tutoiement, et substituer une cordiale fraternité aux distances établies par le degré d'instruction.

« Dans l'*absorption*, dit M. Labédollière, point de voies de fait, point de brutalités, point de ces brimades qui ont longtemps déshonoré Saint-Cyr. L'usage de faire *courir la poste au conscrit*, en le poursuivant à coups de mouchoir, est aboli depuis plusieurs années. Les épreuves qu'on lui fait subir sont exclusivement morales, et, dans le cas où son attitude ne semble point satisfaisante, on se borne à le menacer de lui faire démontrer, la tête en bas, le carré de l'hypoténuse.

Les sergents des conscrits sont d'abord appelés, et écrivent sous la dictée d'un *ancien* les commandements traditionnels d'un décalogue assez plaisant :

> Ton ancien tu tutoieras
> Et ton *co-cons* pareillement (1),
> A l'ancien le punch tu payeras,
> Et la prune pareillement.
> Si par hasard en omnibus,
> De loin tu voyais, *pedibus*,
> Ton ancien, tu l'appellerais,
> Et ta place lui offrirais.

Chaque conscrit, placé à tour de rôle au milieu d'un cercle, doit répondre à diverses interrogations d'un genre tout à fait autochthone. Ces jeunes savants font des plaisanteries avec le binôme de Newton, des calembours avec les exponentielles, des jeux de mots avec le rapport du diamètre à la circonférence. Hommes distingués par la science et par le cœur, mais encore collégiens par l'âge et les allures, ils mêlent bizarrement les équations de l'algèbre à de puérils divertissements. Ainsi l'ancien, chargé de l'*absorption*, commence par prouver algébriquement qu'il n'a jamais été conscrit. « Admettons un moment, dit-il (nous raisonnons par l'absurde), que l'ancien ait pu être conscrit. L'ancien est évidemment une *tête à* × : on pourrait donc poser l'égalité $\theta \times$ = ex-conscrit; en divisant par ×, il reste θ = e-conscrit; si nous divisons

(1) *Co-cons pour co-conscrit.*

ensuite par e, nous aurons $\frac{\theta}{e}$ = conscrit ; or, il est absurde que le conscrit soit une *tête assurée*. »

Tous les problèmes que l'on pose au conscrit sont dans ce goût : « Comment peuple-t-on un pigeonnier avec un jonc? — On décrit une circonférence avec ce jonc pour rayon, et l'on a 2π joncs. » — « Quel rapport y a-t-il entre la *royale* et les blanchisseuses? — Les élèves de la *royale* passent les *colles* (les examens), et les blanchisseuses les repassent (les cols). » — « Le nombre des bordages, des clous, des voiles d'un vaisseau étant donné, dis-moi l'âge du capitaine? »

L'*absorption* a été terminée, il y a déjà quelques années, par l'inspection générale des conscrits en habit bourgeois, le sac de nuit sur le dos, le bonnet de coton sur la tête, et des queues de billard à la main. On a voulu parodier ainsi l'inspection que passe le général ; et, pour rendre l'imitation plus exacte, un élève, du haut du perron, a *piqué un laïus* analogue à la circonstance. *Piquer un laïus* est une expression du cru. Dans le dialecte de l'Ecole, tout discours est un *laïus*, depuis la création du cours de composition française en 1804. L'époux de Jocaste, sujet du premier morceau oratoire traité par les élèves, a donné son nom au genre. Les députés à la Chambre, les avocats au barreau, les journalistes dans les *premiers-Paris*, *piquent des laïus* ; et que fais-je moi-même en ce moment? Je vous *pique un laïus* sur l'Ecole polytechnique.»

ACINETINDA. C'était un jeu grec, et, qui le croirait? un jeu d'enfant. Il consistait à lutter de patience et d'immobilité, c'est-à-dire à rester le plus longtemps possible dans la même position, sans faire le plus léger mouvement. Mais est-ce bien là un jeu naturel aux enfants, qui sont, pour ainsi dire, l'image du mouvement perpétuel? Si, chez les Grecs, les enfants jouaient à ce jeu, il est à croire ou qu'ils n'y jouaient pas souvent, ou que le jeu ne durait pas longtemps, car ils devaient y être aussi mal à leur aise que dans cet autre jeu qui consiste à rester le plus longtemps sans rire. A coup sûr, ce devait être pour eux un véritable supplice plutôt qu'un amusement. Aussi ne faut-il pas s'étonner que ce jeu n'ait pas été admis chez les autres peuples et qu'il ne soit pas venu jusqu'à nous. Socrate aurait bien certainement remporté le prix à cette sorte de jeu, s'il est vrai, comme le rapporte Aulu-Gelle, que ce philosophe se tenait des journées entières debout dans l'attitude d'un homme rêveur, immobile, sans fermer les paupières, ni détourner les yeux du même endroit. Bernier nous cite aussi, parmi les Indiens, des peuples tels que les Joguis, espèces d'ermites, qui tiennent les bras croisés sur la tête et restent toute leur vie debout dans cette posture ; d'autres, qui dorment à terre, une jambe plus haute que l'autre, et les deux bras toujours élevés au-dessus de leur tête, sans jamais les abaisser, ce qui fait que peu à peu ces misérables pénitents perdent l'usage des bras et des jambes. Si ces faits, à peine croyables, sont vrais, il faut avouer que les Joguis l'auraient encore emporté sur Socrate au jeu de l'*Acinetinda!*

ACROCHIRISME. Autre jeu grec; l'*acrochirisme*, qui signifie littéralement *extrémité des doigts*, était une espèce particulière de lutte, où les champions n'employaient que l'extrémité de leurs mains, croisant les doigts, se les serrant fortement, et se poussant avec la paume de la main, sans le secours d'aucun autre membre. Ils se tordaient ainsi les doigts, les poignets et les bras, jusqu'à ce que l'un des deux demandât quartier. L'*acrochirisme* paraît aussi inconnu à nos lexicographes que la chose qu'il représente, car nous n'avons trouvé ce mot dans aucun dictionnaire.

AFGHANS (JEUX DES). Les jeux des Afghans, dans l'intérieur des maisons, sont très-nombreux, quoiqu'ils ne connaissent pas les cartes et cultivent peu les échecs. Beaucoup de leurs jeux semblent puérils, et font un contraste singulier avec leurs longues barbes et leur gravité. Ainsi, des hommes d'un âge mûr jouent aux billes, à cloche-pied. Le joueur tient son pied gauche dans sa main droite et essaye de renverser son adversaire, qui se tient dans la même attitude. On joue le jeu à quinze ou vingt personnes à la fois, et l'on voit même des vieillards y prendre part. Les Afghans jouent encore aux barres, au petit palet et à un jeu où un bonnet qui passe dans toutes les mains et qu'il faut arrêter au passage, rappelle le jeu européen de la savate.

AIGUILLE ENFILÉE (L'). Vous connaissez la ronde *Ramène tes moutons, bergère*. Eh bien! c'est le même exercice, si ce n'est qu'on le fait sans chanter et sans se remettre en rond après avoir passé sous l'arcade, qu'on nomme l'*aiguille*. Au lieu de prendre cette position, les deux personnes qui forment la tête de la file qui vient de passer présentent l'*aiguille*, où celles qui la présentaient précédemment, et qui sont maintenant les chefs de la file, ou plutôt le *fil*, s'empressent de passer. On ne saurait croire combien ce mouvement continuel est agréable pour les joueurs et même pour les spectateurs.

AMBASSADEURS (Le jeu des). Ce jeu ne saurait être admis que lorsque des folies croissantes en ont dissimulé la sottise et le danger. Voici comment un jeune homme qui fut victime de ce jeu raconte son aventure à l'une de ses cousines :

« Ma chère cousine, vous qui aimez les jeux d'attrape, vous auriez bien ri si vous m'aviez vu jouer, pour la première fois, au jeu des *ambassadeurs ;* c'est par ce jeu que j'ai fait mon entrée chez mes tantes : j'ai fort bien pris la plaisanterie, quoique fort mécontent ; et je me suis fait par là une grande réputation. On tira la royauté au sort, et le sort me la donna, d'accord, il est vrai, avec la supercherie ; je l'ai su depuis. Ebloui de ma nouvelle dignité, je ne vis pas les dangers auxquels elle m'exposait. On me fit entrer dans un appartement, entre deux rangs de fau-

teuils, où étaient assis mes sujets, qui se levèrent respectueusement pour me rendre les hommages qui m'étaient dus. Au fond d'une alcôve dont on avait ôté le lit, était dressé mon trône, élevé de plusieurs degrés et couvert d'un beau baldaquin, dont les rideaux étaient retroussés avec grâce. On me plaça sur mon trône, et en même temps, à mes côtés, on fit asseoir mes deux premiers ministres, qui devaient guider ma jeunesse. Mais hélas! c'était eux qui devaient me précipiter dans le piège qu'on me tendait. Mon trône ne paraissait pas bien solide, mais je n'osais m'en plaindre. Quelques-uns de mes sujets me présentèrent des placets que je remis à mes ministres, pour m'aider de leurs avis. Au même instant, la porte s'ouvrit, et je vis entrer deux ambassadeurs, vêtus de la manière la plus grotesque, ayant sur leurs têtes de grands bonnets de poil fort hauts. Ils marchaient à pas comptés et d'un air assez roide ; mais j'attribuais cette gravité au respect qu'ils me portaient. On me dit tout bas que je ne devais point me lever pendant leur harangue, et je m'en

gardai bien ; arrivés au pied de mon trône, les ambassadeurs s'inclinèrent pour me saluer, et je vis, dans leurs bonnets, qu'ils s'étaient faits avec des manchons, des pots d'eau qui se vidaient sur moi, tandis que mes deux ministres se levant, mon trône fit la bascule, et je vis ma pauvre royauté obligée de prendre un bain dans un baquet. Tout le monde partit d'un grand éclat de rire, et je ne me fâchai pas, quoique je fusse inondé ; d'ailleurs, on me fit passer aussitôt dans l'appartement voisin, où je changeai d'habillements des pieds à la tête. Mes tantes m'embrassèrent avec amitié ; elles me firent prendre un petit verre de liqueur, et depuis ce temps elles m'appellent leur *petit roi.* »

A MOI! A MOI! C'est une de ces jolies rondes, si vives, si gaies, et qui ont tant d'attrait pour les jeunes personnes. Aussi, il faut les voir tourner, avec un enjouement folâtre, en chantant :

> A moi! à moi!
> Pour amuser tout le monde.
> Il nous faut danser une ronde :
> Allons, monsieur (ou madame) faites votre choix,
> Et surtout revenez à moi,
> A moi! à moi!

Pendant cette ronde, une personne s'est détachée de la chaîne, et est entrée dans le rond. Dès qu'on l'apostrophe, elle fait quelques tours, semble hésiter, car chacun s'avance vers elle en répétant : *A moi! à moi!* Quand son choix est fait et qu'elle a embrassé l'objet de son choix, elle prend sa place à gauche, et toute la société dansante reprend :

> Pour amuser tout le monde,
> Il nous faut danser une ronde.

Et l'on continue ainsi jusqu'à ce que toutes les personnes de la ronde aient passé.

ANGUILLE EN ROND (L'). Au nombre des jeux d'action nous devons mettre celui de l'*anguille*. N'allez pas croire, mesdemoiselles, qu'il s'agisse d'une véritable anguille, d'une anguille vivante. Celle-là ne vous glissera pas dans les mains, soyez-en bien sûres, et tant mieux pour vous, car elle vous permettra de corriger tous vos voisins. Mais, direz-vous, qu'est-ce donc que cette anguille? Eh bien! c'est tout bonnement un mouchoir roulé bien serré que l'on noue par les deux bouts. Voulez-vous savoir maintenant comment on joue à l'anguille? On se place en rond ; chacun met une main derrière soi ; un des joueurs fait le tour du cercle en tenant une anguille qu'il met dans la main de qui lui plaît, et il continue son chemin pour qu'on ne devine pas s'il l'a remise. Celui qui a l'anguille en frappe son voisin à droite, et le poursuit en le frappant jusqu'à ce qu'il soit revenu à sa première place. Ensuite, celui qui est possesseur de cette arme singulière, la remet à un autre aux mêmes conditions. Dans quelques sociétés, il est d'usage que le teneur d'anguille dise, en la traînant autour du rond : *L'anguille file, file, file,* et ce petit accessoire n'est pas sans jeter un peu plus d'agrément sur le jeu.

Chez les Grecs, les enfants avaient un jeu à peu près semblable, qu'ils appelaient *schœnophilinda*. Les joueurs se rangeaient en cercle ; un d'eux allait furtivement mettre une corde derrière un autre, que l'on frappait s'il ne s'en apercevait pas, et qui faisait le tour de la compagnie ; s'il s'en apercevait, il frappait celui qui lui avait remis la corde, et le poursuivait autour du cercle.

On se sert aussi de l'anguille dans un autre jeu, qu'on appelle quelquefois le *jeu des voleurs* ou plutôt *du voleur.* Plusieurs enfants, armés d'anguilles, tournent leur visage contre un mur. Un de leurs camarades va se cacher. Les autres sortent ensuite de cette espèce d'embuscade et vont à la découverte. Lorsqu'il est trouvé, on le ramène au camp à grands coups d'anguilles. Ce jeu amuse beaucoup les enfants, mais il n'amuse guère leurs parents ou leurs maîtres, qui se plaignent, avec raison, que ces anguilles sont presque toujours métamorphosées en autant de mouchoirs déchirés.

En Italie et en Espagne, les enfants font aussi des espèces d'anguilles; mais ils les remplissent de sable ou de cendre. Ils s'en servent pour frapper sur le dos ou ailleurs ceux qui ont commis quelque faute au jeu; ce qu'ils appellent *sabulare*, d'où est venu notre mot *sabouler*. En Italie, ces anguilles étaient autrefois une peau d'anguille remplie de sable; et on a quelquefois abusé bien cruellement de cette arme, d'autant plus dangereuse, que ses coups ne laissent point de meurtrissure.

ANNEAU (LE JEU DE L'). Ces attelages de chevaux allemands que les seigneurs russes aiment à faire parader dans les grandes occasions, ces cochers à longue barbe, cette livrée nombreuse, tout ce train qui suit l'opulence et la grandeur, annonce quelque fête brillante. Tandis que les maîtres, dans les salons dorés, épuisent toutes les jouissances d'un luxe recherché, les valets, plus simples dans leurs amusements, et plus heureux dans leur gaieté grossière mais réelle, s'occupent au jeu national du *swaïka*. Ce jeu demande un coup d'œil juste et une main exercée. Il consiste à lancer une pointe de fer, garnie d'une grosse tête, de manière qu'elle se plante en terre, dans la circonférence d'un petit anneau de même métal. Les acteurs forment un cercle autour de l'anneau; le pas ne donne aucune prérogative; celui qui ouvre le jeu prend le clou par la pointe, et le jette, en lui faisant faire un tour sur lui-même. Si le joueur est adroit, la pointe entre dans l'intérieur de l'anneau et le cloue au terrain. Chacun joue à son tour, jusqu'à ce que tous aient achevé le nombre de coups déterminés, ou jusqu'à ce que l'un d'eux ait rencontré l'anneau autant de fois qu'on en est convenu. Ainsi, en supposant que l'un des joueurs ait rencontré l'anneau trente fois, et qu'un autre n'ait réussi que dix-sept fois, le premier joueur jouera de nouveau treize fois, c'est-à-dire le même nombre de coups qu'il compte au-dessus de son adversaire, et ce dernier, par les règles du jeu, doit non-seulement relever chaque fois le clou, et le présenter à son vainqueur, mais encore payer tous les nouveaux coups qui auront porté dans l'anneau. Cette marche continue de l'un à l'autre jusqu'au dernier.

AQUEDUC. Tout le monde sait que J.-J. Rousseau, enfant, s'amusa un jour chez le ministre Lambercier, où il avait été mis en pension, à faire un petit aqueduc. Cette histoire se rattache de trop près à notre sujet pour que nous n'en fassions pas jouir nos lecteurs. Mais laissons parler J.-J. Rousseau lui-même. « Il y avait, dit-il, hors la porte de la cour, une terrasse à gauche en entrant, sur laquelle on allait souvent s'asseoir l'après-midi, mais qui n'avait point d'ombre. Pour lui en donner, M. Lambercier y fit planter un noyer. La plantation de cet arbre se fit avec solennité; les deux pensionnaires en furent les parrains; et, tandis qu'on comblait le creux, nous tenions l'arbre chacun d'une main avec des chants de triomphe. On fit, pour l'arroser, une espèce de bassin tout autour du pied. Chaque jour, ardents spectateurs de cet arrosement, nous nous confirmions, mon cousin et moi, dans l'idée très-naturelle qu'il était plus beau de planter un arbre sur la terrasse qu'un drapeau sur la brèche, et nous résolûmes de nous procurer cette gloire sans la partager avec qui que ce fût.

« Pour cela, nous allâmes couper une bouture d'un jeune saule, et nous la plantâmes sur la terrasse, à huit ou dix pieds de l'auguste noyer. Nous n'oubliâmes pas de faire aussi un creux autour de notre arbre; la difficulté était d'avoir de quoi le remplir; car l'eau venait d'assez loin, et on ne nous laissait pas courir pour en aller prendre. Cependant il en fallait absolument pour notre saule. Nous employâmes toutes sortes de ruses pour lui en fournir durant quelques jours; et cela nous réussit si bien, que nous le vîmes bourgeonner et pousser de petites feuilles dont nous mesurions l'accroissement d'heure en heure, persuadés, quoiqu'il ne fût pas à un pied de terre, qu'il ne tarderait pas à nous ombrager.

« Comme notre arbre, nous occupant tout entiers, nous rendait incapables de toute application, de toute étude, que nous étions comme en délire, et que, ne sachant à qui nous en avions, on nous tenait de plus court qu'auparavant, nous vîmes l'instant fatal où l'eau nous allait manquer, et nous nous désolions dans l'attente de voir notre arbre périr de sécheresse. Enfin, la nécessité, mère de l'industrie, nous suggéra une invention pour garantir l'arbre et nous d'une mort certaine; ce fut de faire par-dessous terre une rigole qui conduisît secrètement au saule une partie de l'eau dont on arrosait le noyer. Cette entreprise, exécutée avec ardeur, ne réussit pourtant pas d'abord. Nous avions si mal pris la pente, que l'eau ne coulait point, la terre s'éboulait et bouchait la rigole, l'entrée se remplissait d'ordures, tout allait de travers. Rien ne nous rebuta : *Labor omnia vincit improbus*. Nous creusâmes davantage la terre et notre bassin, pour donner à l'eau son écoulement; nous coupâmes des fonds de boîtes en petites planches étroites, dont les unes mises de plat à la file, et d'autres posées en angle des deux côtés sur celles-là, nous firent un canal triangulaire pour notre conduit. Nous plantâmes à l'entrée de petits bouts de bois minces et à claire-voie, qui, faisant une espèce de grillage ou de crapaudine, retenaient le limon et les pierres sans boucher le passage à l'eau. Nous recouvrîmes soigneusement notre ouvrage de terre bien foulée, et, le jour où tout fut fait, nous attendîmes dans des transes d'espérance et de crainte l'heure de l'arrosement. Après des siècles d'attente, cette heure vint enfin : M. Lambercier vint aussi à son ordinaire assister à l'opération, durant laquelle nous nous tenions tous deux derrière lui pour cacher notre arbre auquel très-heureusement il tournait le dos.

« A peine achevait-on de verser le premier seau d'eau, que nous commençâmes d'en voir couler dans notre bassin. A cet aspect la prudence nous abandonna; nous nous

mîmes à pousser des cris de joie qui firent retourner M. Lambercier; et ce fut dommage, car il prenait grand plaisir à voir comment la terre du noyer était bonne et buvait avidement son eau. Frappé de la voir se partager en deux bassins, il s'écrie à son tour, regarde, aperçoit la friponnerie, se fait brusquement apporter une pioche, donne un coup, fait voler deux ou trois éclats de nos planches, et, criant à pleine tête : *un aqueduc! un aqueduc!* il frappe de toutes parts des coups impitoyables dont chacun portait au milieu de nos cœurs. En un moment, les planches, le conduit, le bassin, le saule, tout fut détruit, tout fut labouré, sans qu'il y eût, durant cette expédition terrible, nul autre mot prononcé, sinon l'exclamation qu'il répétait sans cesse : *un aqueduc!* s'écriait-il en brisant tout, *un aqueduc! un aqueduc!*

« On croira que l'aventure finit mal pour les petits architectes. On se trompera : tout fut fini. M. Lambercier ne nous dit pas un mot de reproche, ne nous fit pas plus mauvais visage et ne nous en parla plus ; nous l'entendîmes même un peu après rire auprès de sa sœur à gorge déployée, car le rire de M. Lambercier s'entendait de loin : et ce qu'il y eut de plus étonnant encore, c'est que, passé le premier saisissement, nous ne fûmes pas nous-mêmes fort affligés. Nous plantâmes ailleurs un autre arbre, et nous nous rappelions souvent la catastrophe du premier, en répétant entre nous avec emphase : *un aqueduc! un aqueduc!* Jusque-là j'avais eu des accès d'orgueil par intervalle, quand j'étais Aristide ou Brutus. Ce fut ici mon premier mouvement de vanité bien marqué. Avoir pu construire un aqueduc de nos mains, avoir mis une bouture en concurrence avec un grand arbre, me paraissait le suprême degré de la gloire. A dix ans j'en jugeais mieux que César à trente. »

ARAIGNÉE. Pélisson, enfermé à la Bastille, avait trouvé un singulier moyen de se distraire et d'adoucir les ennuis de sa captivité. Privé des ressources que procure l'étude, il n'avait ni livres, ni encre, ni papier. Il n'avait, pour toute compagnie, qu'un Basque, stupide et triste, qui ne savait que jouer de la musette. Il s'ennuyait à mourir. Heureusement un hôte nouveau vint lui apporter quelque consolation. C'était une araignée ; elle filait sa toile à un soupirail qui donnait du jour à la prison. Pélisson entreprit de l'apprivoiser ; pour y parvenir, il mettait des mouches sur le bord du soupirail, tandis que son Basque jouait de la musette. Peu à peu, l'araignée, comme familiarisée par le son de l'instrument, s'accoutuma à sortir de son trou, pour courir sur la proie qui lui était présentée. Pélisson continua à l'appeler ainsi au son de la musette ; et en éloignant la proie de plus en plus, il parvint, après un exercice de quelques mois, à discipliner si bien cet insecte, qu'il partait toujours au premier signal pour aller prendre une mouche au fond de la chambre et jusque sur les genoux du prisonnier. Le gouverneur de la Bastille vint un jour voir Pélisson, et lui demanda, avec un sourire insultant, à quoi il s'occupait. Pélisson, d'un air serein, lui dit qu'il avait su se faire un amusement, et, donnant aussitôt son signal, il fit venir l'araignée apprivoisée sur sa main. Le gouverneur ne l'eut pas plutôt vue, qu'il la fit tomber et l'écrasa de son pied. « Ah ! monsieur, s'écria Pélisson, j'aurais mieux aimé que vous m'eussiez cassé le bras. » L'action était cruelle en effet ; elle ne pouvait venir que d'un homme devenu, par l'habitude, insensible aux souffrances des malheureux. Louis XIV en fut informé. Il jugea l'homme par ce trait, et lui ôta son emploi.

ARBRE FOURCHU. Rabelais, dans la nombreuse liste des jeux auxquels il fait jouer Gargantua, dit également à *l'arbre fourchu,* au *chêne fourchu,* au *poirier fourchu,* et il est évident que ce n'est là qu'un seul et même jeu, qui consiste à se tenir la tête en bas et les jambes en l'air pour imiter la fourche de l'arbre. Le jeu de la *marche des fourches,* que l'on exécute de la même manière, et en marchant sur les mains est, comme le précédent et celui du *monde renversé,* une sorte de question, et si on infligeait aux enfants l'un ou l'autre de ces jeux en guise de punition, ils se récrieraient tous, avec raison, sur la rigueur du châtiment. Il faut donc laisser ces sortes d'amusements aux saltimbanques ou aux petits polissons des rues. Dans le Languedoc on appelle ce jeu *fa los candélétos.*

ASSAUT (L') **DU CHATEAU,** ou le **ROI DÉTRONÉ.** C'est un jeu très-simple et très-amusant, et aujourd'hui qu'il est reconnu qu'une gymnastique modérée doit faire partie de l'éducation des femmes, il peut aussi bien convenir aux jeunes filles qu'aux garçons.

Lorsqu'en se promenant dans la campagne des enfants trouvent une butte, l'un d'eux s'en empare, et ses compagnons essayent de le débusquer. Mais vains efforts ! Il se défend avec intrépidité. Cependant, comme on l'attaque de tous côtés, force lui est bien de succomber à la fin : il cède sa place à un second, lequel est bientôt remplacé par un troisième, et ainsi de suite.

Muratori, dans ses *Antiquités d'Italie,* raconte qu'en 1208 les jeunes dames et demoiselles de Trévise voulurent imiter des jeux militaires qui étaient alors fort en usage. Elles étaient divisées en deux bandes. Les unes, armées

de toutes pièces, couvertes d'or et de pierres précieuses. et portant sur leurs têtes de riches couronnes et des casques fort ornés, défendaient un camp ou château, palissadé avec des étoffes de toutes couleurs, et les fourrures les plus rares et les plus magnifiques. Leurs adversaires jetaient sur elles des eaux parfumées, et leur lançaient des pâtisseries, des fruits et des fleurs, au lieu de traits. Le camp fut attaqué et défendu pendant plusieurs jours à la grande satisfaction d'une foule de spectateurs accourus de Venise, de Padoue et des autres villes voisines.

AVEUGLE DU TAPIS VERT (L'). Si vous vous êtes promené quelquefois dans le magnifique parc de Versailles, vous devez avoir remarqué un immense tapis de gazon, connu de tout le monde sous le nom de *tapis vert.* Cette vaste allée est bordée de statues et de vases ; dans les belles soirées c'est la promenade la plus fréquentée et la plus agréable de Versailles. Lorsqu'il y a beaucoup de monde, le coup d'œil en est bien supérieur à celui de l'allée des Orangers dans le jardin des Tuileries à Paris. La largeur du tapis vert est de trente-six mètres, sa longueur de trois cent cinquante-deux mètres, le gazon seul est large de vingt-cinq mètres. Eh bien ! c'est sur cette grande, belle et verte pelouse que la plupart des promeneurs cèdent fréquemment à la tentation de la parcourir de haut en bas les yeux bandés. L'entreprise paraît peu difficile d'abord, et on parie souvent d'en venir à bout, mais il est bien rare que le succès couronne le pari. Rien n'est plus réjouissant pour les spectateurs que les courses incessantes décrites par les aveugles du tapis vert, qui s'imaginent ne pas s'écarter un seul instant de la ligne droite, et qui ne reconnaissent leur erreur qu'en recouvrant la vue.

On peut facilement accroître l'agrément de ce jeu. Qu'une société, par exemple, se partage en deux bandes égales, et que l'on se range les uns derrière les autres, à la file, en se tenant, soit par l'habit, soit par la robe. Si la compagnie n'était pas nombreuse, les dames pourraient tenir les messieurs par les basques de leurs habits, et les messieurs tiendraient les dames par le bout de leur châle ou de leur ceinture, afin d'agrandir la chaîne le plus possible. Ces deux files, ainsi disposées, suivraient en droite ligne, de chaque côté, les bords du tapis de verdure, et nos nouveaux colins-maillards ne laisseraient pas d'être fort amusants, parce que, tout en croyant aller parfaitement droit, ils ne manqueraient pas d'aller se heurter contre l'une ou l'autre file. Ce jeu serait d'autant plus récréatif, que les aveugles n'étant plus isolés, leurs moindres bévues exciteraient l'hilarité générale et pourraient être mises à profit par les chefs de file.

AVOCAT DE PAILLE (L'). Les jeux les plus insignifiants, pourvu qu'on y donne des gages, sont assez recherchés, car les gages amènent des pénitences, et les pénitences sont souvent fort amusantes. Quel amas de gages ne fait-on pas en sautant à l'*avocat de paille !* Voici en quoi consiste ce jeu ou cette ronde. On se met en rond, comme dans toutes les rondes, mais on a soin d'être en nombre impair ; peu importe qu'il y ait un monsieur ou une dame de plus. Le nombre impair est précisément ce qui fait tout le prix du jeu. Au refrain, chacun rompt la chaîne, tend les deux mains à son voisin, et tourne plusieurs fois avec lui. Le danseur le moins leste se trouve sans partenaire, et, pour le punir de son peu d'agilité, on lui fait donner un gage.

RONDE.

Dans notre pays, il y a un avocat,
Trois dames sont allées chez lui,
Pour vider leur débat :
Le pauvre avocat
Se trouva bien surpris
D'avoir tant étudié
Et n'avoir rien appris :
Saute, l'avocat de paille,
Saute l'avocat.

On répète ce refrain deux à deux, tandis que le pauvre *avocat de paille,* laissé seul au milieu de la ronde, n'a rien de mieux à faire que d'apprêter son gage. Cette ronde est on ne peut plus propre à mettre la société en train, sans compter que les gages sont encore une source d'amusements aussi féconde qu'attrayante.

AVOINE (L'). C'est une ronde que l'on danse dans les jardins, et qu'on pourrait, en quelque sorte, appeler *ronde d'action*, car elle gagne en mouvement ce qu'elle perd en caresses, puisqu'on ne s'y embrasse pas. Une personne de la ronde chante :

1.

> Qui veut ouïr, qui veut s-voir
> Comme on sème l'avoine?
> Mon père la semait ainsi :

Ici, la personne qui chante imite l'action de semer en étendant les bras dans le milieu du rond, et tout le monde en fait autant.

Puis il se reposait ainsi :

Tout le monde croise les bras d'un air nonchalant, puis on tourne sur soi-même en disant :

> Un petit tour pour le lendemain.
> Avoine! avoine! avoine!
> Que le bon Dieu t'amène!

En commençant les deux derniers, chacun reprend les mains de ses voisins, et l'on tourne en sautant. La pantomime du refrain se répète aux couplets suivants.

2.

> Qui veut ouïr, qui veut savoir
> Comment on coupe l'avoine?
> Mon père la coupait ainsi :

On imite l'action de moissonner, en se penchant dans le milieu du rond et en étendant le bras droit de droite à gauche.

> Puis il se reposait ainsi :
> Un petit tour pour le lendemain.
> Avoine! avoine! avoine!
> Que le bon Dieu t'amène!

3.

> Qui veut ouïr, qui veut savoir
> Comment on doit lier l'avoine?
> Mon père la liait ainsi :

Ici, la ronde devient vraiment amusante, car les dames passent leur mouchoir ou leur châle autour du cou des messieurs, pour paraître lier les bottes d'avoine; les messieurs, de leur côté, lient l'avoine, en passant le bras autour du cou des dames.

> Puis il se reposait ainsi :
> Un petit tour pour le lendemain.
> Avoine! avoine! avoine!
> Que le bon Dieu t'amène!

4.

> Qui veut ouïr, qui veut savoir
> Comment on doit battre l'avoine?
> Mon père la battait ainsi :

Gare aux horions! car alors les dames tombent à coups de poings sur les épaules de leurs voisins, pour imiter le battage de l'avoine. Mais au milieu des cris et des ris qu'excite ce dénoûment, que devient le malheureux refrain? Il est souvent oublié, et les messieurs, en bons chrétiens, se vengent par des caresses de celles qui les battent, et mettent ainsi *l'avoine* au nombre des rondes à baisers.

BAKI. Les Kalmouks ont une sorte de jeu qu'ils appellent *baki*. On le joue avec huit osselets de mouton, qu'on jette sur une couverture de feutre. Les osselets doivent toujours tomber sur ce feutre. Le dernier gagnant commence la partie suivante. Il observe d'abord, pendant quelques instants, la position des osselets; ensuite il en enlève un, sans toucher aux autres, et ainsi de suite, jusqu'à ce qu'il parvienne à les enlever tous et gagne la partie. S'il perd, son adversaire recommence de nouveau. Ce jeu est beaucoup plus gai qu'on ne l'imagine. A chaque coup, tous les assistants s'agitent; les joueurs se pressent la bouche avec la main, et les autres spectateurs crient : *Ezegyn machan idé*, jurement ordinaire des Kalmouks, et qui signifie : *Mange la chair de ton père*. Les hommes seuls profèrent cette imprécation, qui ne sort jamais de la bouche d'une femme. Les prêtres jouent au *baki* ou y regardent jouer tout en disant leur rosaire. Malgré l'exactitude qu'ils mettent à faire rouler dans leurs doigts les grains du chapelet, ils ne manquent cependant pas, à chaque coup mal joué, même pendant leur prière, de crier à tue-tête : *Ezegyn machan idé*.

BALLE. La balle ou la sphère (σφαίρη, παίζειν, jouer à la sphère) est un des quatre jeux dont parle Homère dans l'*Odyssée*, et comme le passage qui contient ce détail est assez curieux, le lecteur nous pardonnera sans doute de le citer sommairement. Homère nous peint la jeune et belle Nausicaa, la fille du généreux Alcinoüs, faisant un repas champêtre sur les bords d'un fleuve. Quand le repas est fini, les filles qui la servent quittent leurs voiles et se mettent à jouer à la balle; au milieu d'elles, Nausicaa dirige les jeux, qu'elle anime par ses chants. Ainsi, ajoute Homère, Diane en parcourant la montagne du Taygète ou de l'Érymanthe, se plaît à lancer les sangliers et les cerfs rapides; autour d'elle jouent les nymphes agrestes, filles du dieu de l'égide, et Latone se réjouit dans son cœur.... Puis, au moment où elle se dispose à retourner au palais, Nausicaa jette à l'une de ses suivantes la balle légère, qui s'égare et va tomber dans le rapide courant du fleuve; toutes alors poussent un grand cri qui réveille le divin Ulysse (1). Dans un autre endroit, Homère nous représente Ulysse chez les Phéaciens... « Alcinoüs, dit-il, pour distraire le sage Ulysse, engage Halius et Léodamas à danser seuls, parce que nul ne pouvait lutter avec eux. Alors ils prennent en leurs mains une grosse balle couleur de pourpre, qu'avait faite l'ingénieux Polybe; l'un d'eux, se renversant en arrière, la jette jusqu'aux sombres nuages; l'autre, s'élançant avec légèreté, l'atteint, et la renvoie sans efforts avant que de ses pieds il ait touché la terre. Après

(1) *Odyssée*, chant vi.

s'être exercés à lancer la balle dans les airs, ils dansent en effleurant le sol, et font mille tours variés. Les jeunes gens, debout dans le cirque, applaudissent avec transport, un grand bruit s'élève de toutes parts. Ulysse lui-même, émerveillé, adresse au roi ces paroles : « Puissant Alcinoüs, et le plus illustre parmi tous ces peuples, vous m'aviez promis les plus merveilleux danseurs, et c'était à juste titre ; je suis, en les voyant, saisi d'admiration (1). » Et, en effet, il y avait de quoi être étonné et ravi, car comment comprendre qu'on puisse jouer à la balle et danser en même temps une danse réglée? Quoi qu'il en soit, les Grecs faisaient une si grande estime des bons joueurs de balle, qu'ils élevèrent une statue à Aristonicus Carystius, qui excellait à ce jeu, et qui, au rapport d'Athénée et de Suidas, en avait donné des leçons à Alexandre le Grand.

Il y a mille manières de jouer à la balle. On peut renvoyer avec la paume de la main une balle contre un mur. On peut la lancer contre ce même mur avec une raquette : celui qui ne prend pas la balle, soit au bond, soit lorsqu'elle a rebondi, ou qui ne la renvoie pas bien contre le mur, perd un certain nombre de points que gagne son adversaire. Ces points se comptent ordinairement de quinze en quinze, et on fixe le nombre auquel il faut arriver pour avoir gagné.

On joue aussi à la balle dans une plaine ou dans une grande cour. Les joueurs, divisés en deux bandes, se renvoient la balle avec des raquettes, des battoirs (2), ou même

avec la main. Le parti qui laisse tomber la balle, ou qui ne la renvoie pas bien, perd un certain nombre de points que gagnent les adversaires. On gagne aussi, si on renvoie la balle au delà des limites du camp ennemi. Entre les deux camps est une ligne, au delà de laquelle chaque camp doit envoyer la balle, pour que les adversaires soient obligés de la recevoir.

Quelquefois il n'y a que deux enfants qui jouent à ce jeu. Ils se placent chacun à une des extrémités de la cour ou de la plaine, et se contentent de s'envoyer la balle avec une raquette ou un battoir. Si l'un d'eux sert bien et que l'autre soit adroit, celui-ci peut recevoir la balle sur sa raquette, ou la saisir au rebond. Tous ces jeux diffèrent du jeu de paume.

Il paraît que les balles des anciens étaient faites, comme quelques-unes des nôtres, d'une enveloppe de peau qui

renfermait du son ou un petit paquet de laine. Les balles de cordes, de drap, et celles dont l'enveloppe est tricotée, sont plus modernes. On les poussait avec la main nue ; et c'est de là qu'est venu le nom de *paume*, parce qu'on les recevait dans la paume de la main.

Le jeu de balle a été de tout temps en honneur dans les provinces des Pays-Bas. Parce que les voyageurs ont vu les Espagnols et surtout les Basques se livrer à l'exercice de la paume avec une adresse que leur agilité a rendue proverbiale, on a prétendu que les habitants de la Flandre et du Hainaut avaient emprunté le jeu de balle à leurs dominateurs pendant que les Espagnols régnaient dans les Pays-Bas ; c'est à tort. Cet exercice fut beaucoup plus anciennement pratiqué dans ces contrées. On trouve, dans les *Annales du Hainaut*, une citation qui fait remonter bien plus haut la culture du jeu de balle. En 1429, tandis que Philippe le Bon, duc de Bourgogne, résida durant trois semaines à Paris, une forte virago de vingt-huit ans, née à Mons, qu'on appela en France *Margot de Hainaut*, se rendit dans la capitale pour y jouer à la balle, talent dans lequel elle excellait, ne craignant pas de se mesurer avec tel joueur que ce fût. « Icelle estant en habit de femme, elle jouait de l'avant-main et de l'arrière très-puissamment, très-malicieusement ; à raison de quoi elle fit grand bruit en France, et fut fort caressée tant des petits compagnons que seigneurs, lesquels la voulurent induire de se revestir d'habit d'homme pour estre plus habile ; mais ne voulut y entendre. Elle retourna au pays de Hainaut, avec bonne somme d'argent qu'elle gagna par ledit jeu de paume. Elle se transporta depuis en Flandre et en Brabant ; enfin, s'estant rendue au pays de Namur, se rendit illec religieuse, n'ayant jamais été mariée. » C'était alors le *conclusum* de beaucoup de carrières.

Bien avant Philippe le Bon, on jouait à la balle dans les provinces des Pays-Bas, où presque tous les déduits de l'Europe furent connus par ces riches et populeuses communes, si avides de fêtes et de réjouissances publiques. Le bon duc Philippe, fort ami lui-même des plaisirs de tout genre, se délassait des affaires en jouant à la balle ou à la paume au milieu de sa cour. Se trouvant, en 1454, à Mons, où il tint un chapitre de la Toison-d'Or, en l'église de Sainte-Waudru, il *s'esbatoit au jeu de paulme avec ses seigneurs*, lorsqu'il lui fut donné avis que les mahométans se portaient vers Constantinople pour en faire le siége. Depuis lors, ce divertissement public est resté populaire dans ces communes, où l'on a vu jadis les seigneurs se mêler à leurs tenanciers pour prendre ce délassement. Aujourd'hui encore, le Hainaut est la terre classique du jeu de balle, pour lequel les villes offrent des prix considérables en argenterie aux jours de fête patronale. Il n'est aucune église ou chapelle de ces contrées où l'on ne voie suspendues, aux pieds du christ ou aux bras de la Vierge, d'énormes balles d'argent, qui sont des ex-voto offerts en souvenir d'autant de triomphes obtenus par les joueurs du lieu et apportés joyeusement, musique en tête, à la maison de Dieu, honoré aussi bien comme souverain juge des luttes de plaisir que comme dieu des combats (1).

BALLE CHEZ LES ROMAINS. Outre le ballon, les Romains avaient trois autres sortes de balles. La première s'appelait *trigonale*, parce que les joueurs étaient placés en triangle, et faisaient un grand usage de la main gauche. La seconde était la balle villageoise (*paganica*), en usage dans les bourgades et villages (*in pagis*). Cette balle était moins grosse que le ballon, mais plus grosse que la balle trigonale. La troisième sorte de balle se nommait l'harposte (*harpostum*). C'était une petite balle de cuir, que les joueurs tâchaient de s'arracher les uns aux autres, ce qui lui faisait donner son nom, qui est grec, et que les Latins empruntèrent : *harpagare*, *harpago*, etc. Martial parle de la balle villageoise et de l'harposte, que Clément, d'Alexandrie, appelle la petite balle, et qu'Athénée appelle *phanninda* ou *phæninda*. On la nommait aussi *corucos*, sac ou pelote de cuir. Hésychius parle

<hr>

(1) *Odyssée*, chant VIII.
(2) C'est une espèce de pelle de bois plate et couverte ordinairement de parchemin. Il y a des nerfs dans le manche, afin qu'il plie et ne casse point.

(1) V. *Archives historiques et littéraires du nord de la France et du midi de la Belgique*, troisième série, tom. Ier.

encore d'une autre sorte de balle nommée *anacrousia*.

Sur un ancien marbre, trouvé en 1592 près de Saint-Pierre de Rome, il est fait mention d'un certain *Ursus Togatus*, comme inventeur de la balle de verre (*pila vitrea*). Mais dans les dix-neuf vers iambiques de cette inscription, on ne trouve aucun détail sur cette espèce de balle, difficile à concevoir.

Pline attribue l'invention de la balle à un certain Pithus; mais Ælien en fait honneur à une jeune fille de Corcyre, nommée Anagalle, qui fit présent de la balle à Nausicaa, fille d'Alcinoüs, roi de Corcyre.

On rapporte que Denys le Tyran jouait souvent à la balle et au ballon. Valère Maxime nous apprend que Scevola était très-habile joueur de balle, et qu'il y jouait pour se délasser. Auguste, dans son enfance, avait tellement aimé le jeu de balle, qu'on lui en fit des reproches, et qu'on lui interdit même ce jeu. Suétone dit que Vespasien allait souvent dans l'endroit où l'on jouait à la balle; mais, en général, ce jeu était plus ordinaire à la jeunesse, et elle y jouait dans le Champ-de-Mars ou dans le Cirque.

Les Romains avaient plusieurs manières de jouer à la balle. Dans celle qu'ils appelaient *episcyrus*, les joueurs se partageaient en deux bandes, et au milieu on tirait une ligne nommée *scyrus*, dont les deux bandes étaient également éloignées. De chaque côté on tirait une ligne également distante de celle du milieu. On plaçait ou l'on jetait une balle sur cette ligne du milieu, et chaque parti

H. EMY

sortait aussitôt de ses lignes, et courait pour s'emparer de la balle, et la lancer au delà du camp de ses adversaires. En un mot, il s'agissait de chasser la balle. Le P. Boulanger dit qu'il a vu jouer ce jeu à Florence, avec un grand concours de joueurs et de spectateurs.

BALLE DES INDIENS. Suivant Herrera, les Péruviens jouaient à la balle d'une manière fort plaisante. Les joueurs, au lieu d'être face à face, se tenaient le dos tourné les uns contre les autres. Le corps courbé, ainsi que la tête, ils regardaient entre leurs jambes, et lorsqu'ils voyaient venir la balle, ils s'avançaient à reculons, la recevaient sur leurs culottes de peaux et la renvoyaient ainsi à leurs compagnons, qui la recevaient sur de semblables raquettes, bien singulières, comme on le voit, et qui ne devaient pas être fort commodes.

D'après Antonio de Solis, un des jeux des Mexicains était celui de la *pelote*. C'était comme une grosse balle faite d'une espèce de gomme, qui, sans être ni dure, ni cassante, bondissait comme un ballon. Il veut parler sans doute du caoutchouc. Un certain nombre de joueurs s'assemblaient entre eux, et se divisaient en deux partis; la balle était quelquefois longtemps en l'air, jusqu'à ce qu'un des deux partis l'eût poussée à un certain but, ce qui faisait que l'on gagnait la partie. Cette victoire se disputait avec tant de solennité, que les prêtres y assistaient, par une superstition ridicule, avec leur *dieu de la balle*. Après l'avoir placé à son aise, ils conjuraient le tripot par de certaines cérémonies, afin de corriger les hasards du jeu, et pour rendre la fortune égale entre les joueurs.

Les sauvages de l'Amérique ont un troisième jeu, celui de la petite balle, qui n'est guère joué que par les filles. Les lois, dit le père Lafitam, ne paraissent pas différer de la trigonale des anciens. On peut la jouer à deux, à trois ou à quatre. La balle y doit être toujours en l'air, aller de main en main, et celle qui la laisse tomber perd la partie.

Une quatrième espèce se trouve chez les Abenaquis. Leur balle n'est qu'une vessie enflée, qu'on doit aussi toujours soutenir en l'air, et qui, en effet, est soutenue longtemps par la multitude des mains qui la renvoient sans cesse, ce qui forme un spectacle assez agréable.

Les Floridiens en ont une cinquième espèce. Ils dressent un mât de plusieurs coudées, au-dessus duquel ils mettent une cage d'osier, laquelle tourne sur son pivot. L'adresse consiste à toucher cette cage avec la balle, et à lui faire faire plusieurs tours. Leurs balles n'ont point de force élastique et ne peuvent être prises au bond. Celle du jeu de *crosse* est faite de cuir, et pleine de poil de cerf ou d'élan, ainsi que celles des anciens, d'où est venu en latin le mot *pila*, de *pilum*, poil. Elle est un peu aplatie, afin qu'elle roule moins bien. Les autres peuvent être aussi de même matière, mais communément ces sauvages les font avec ce qu'on appelle la balle ou les feuilles du blé d'Inde, sans y employer autre chose; de sorte qu'elles sont extrêmement légères, avec cette seule différence que la trigonale est beaucoup plus petite.

BALLE DES ARABES. Les Arabes ont deux sortes de balle: une petite et une grosse. La petite se nomme *curra*, qui signifie *globe*; elle se joue avec une raquette. La grosse, faite de lisière de drap, se nomme *kuggja*; on la pousse avec un morceau de bois recourbé appelé *tdz*, et que les Anglais nomment *abandy*, et le jeu *bandy ball*.

Il y a aussi une balle de bois dont on joue à cheval. Les Anglais la nomment *stow-ball*. Les cavaliers persans y jouent dans un vaste hippodrome, où ils s'envoient les uns aux autres une balle de bois, pour se rendre agiles, eux et leurs chevaux. Les Arabes lançaient cette balle avec un bâton recourbé qu'ils nomment *mihgjen*. Les Perses l'appellent *arend*, *chuttcha*, et le plus souvent *tchanghân*. Il y en a qui croient que ce jeu se nomme en arabe *tabtât*, et en persan *palvâna* ou *paluvana;* mais ces mots désignent plutôt la raquette qui sert à lancer la petite balle, et que les Anglais nomment *a battledore*. D'autres nomment cette raquette *pâhna*. Elle est en forme de cuiller; on y met la balle, qu'on jette en l'air, et qu'on reçoit dans le creux de cette cuiller. Ce dernier jeu s'appelle *hâl* chez les Perses, lorsque dans le *meidan* ou *almeidan*, qui est leur hippodrome, ils placent deux colonnes ou bornes entre lesquelles se placent les joueurs.

En Mésopotamie, la balle, appelée *tâpi* ou *top*, ce qui veut dire *globe*, est faite de laine couverte de cuir. On la fait bondir et rebondir, et les autres joueurs s'efforcent de la saisir en l'air. Si celui qui l'avait fait bondir l'attrape avant un autre qui voulait la prendre, il monte à cheval sur le dos de celui-ci. Sinon, il devient lui-même le cheval de celui qui a pu la saisir.

Dans le même pays, il y a un autre jeu de balle, nommé *kubbi* ou *kibbi*. On y joue avec une grosse balle. Les joueurs sont au nombre de dix, vingt ou trente, et ont un capitaine qui, se tenant au milieu d'eux, commence à compter ce qu'il lui plaît, comme : Dieu un, soleil deux, terre trois, etc. Alors, se retournant vers ses camarades, il achève, en les comptant les uns après les autres, quatre, cinq, six, etc., jusqu'à ce qu'il arrive à quarante. Celui sur qui ce nombre tombe se lève et se met derrière le capitaine, qui l'interroge : « Qu'avez-vous mangé aujourd'hui ? » Il répond ce qu'il veut : « Du pain, de la viande, des poissons, etc. » Tous les joueurs se mettent à crier : « Il a mangé aujourd'hui, etc. » Ensuite le capitaine jette la balle au milieu du cercle. Celui qui a été interrogé s'efforce de la prendre, mais les autres le poussent et repoussent avec leurs pieds et leurs mains, de manière qu'il est quelquefois obligé de courir une heure entière avant de l'attraper, et il a tout le temps de faire la digestion de ce qu'il a mangé. Lorsqu'il l'a attrapée, celui qui venait de la jeter le dernier, ou entre les mains de qui il peut la saisir, se met à sa place, et devient, à son tour, le *phettâl* ou coureur.

Dans les oasis du Sahara algérien, on se livre, en hiver, au jeu de la balle. Les enfants, armés de bâtons de djérid dont une des extrémités est recourbée, frappent et poussent au loin une balle qu'ils poursuivent en courant. Ce jeu est appelé *coûra*.

BALLON. Le ballon est un jeu fort ancien, et ceux dont se servaient les Romains étaient composés d'un sac de cuir ou d'une outre remplie de vent. On lançait ce ballon avec le bras, ou nu, ou armé d'une espèce de brassard; c'est ainsi, du moins, que, dans Stella, les joueurs sont représentés.

Aujourd'hui, l'on se sert de vessies de bœuf, et, mieux encore, de porc, qu'on choisit parmi celles qui sont le plus arrondies, et qu'on prépare à l'extérieur avec de l'huile, pour qu'elles ne se dessèchent pas. On enferme cette vessie, aplatie, dans un ballon de peau de même dimension; on y introduit l'air ou le vent, soit avec un tuyau de plume que l'on passe dans le col de la vessie, soit au moyen d'une seringue ou d'un soufflet, et, quand le tout est suffisamment gonflé, on bouche soigneusement l'ouverture avec une ficelle; l'enveloppe de peau est garnie d'une espèce de soupape qui referme exactement l'ouverture. Quand, à la longue et après plusieurs secousses, le ballon est dégonflé, on le remplit de nouveau de vent ou d'air comprimé.

Ce jeu du ballon est d'un usage presque général dans une grande partie de la France; mais c'est surtout dans l'Italie qu'il est le plus en honneur. Le peuple et la noblesse y prennent part, et il n'est pas rare de voir une personne de qualité jouer avec un ouvrier qui est adroit à ce jeu. La grande habitude que les Italiens ont de cet exercice leur a fait imaginer d'armer les bras des joueurs d'un instrument de bois qui a quelque ressemblance avec un manchon. Le joueur y fourre son bras jusqu'au coude, et tient l'instrument par une petite cheville qui est fixée intérieurement; à l'extérieur, il est garni de petites chevilles de bois, qui sont taillées en carré et pointues vers le bout.

Quand on repousse le ballon seulement avec le poing, il faut une très-grande force dans le bras, et même, dans les commencements, on éprouve une douleur qui finit par devenir insupportable, si l'on ne prend soin de s'en garantir avec un mouchoir roulé autour du poignet. Quelques joueurs repoussent le ballon avec le pied; mais il faut y être bien habitué. C'est de cette dernière manière de jouer au ballon que les Italiens l'ont nommé *la balle de pied* (*palla di calcio* ou *il pallone*).

On joue le plus souvent près d'un mur ou d'un bâtiment très-élevé. On peut jouer deux à deux; mais, pour que le jeu soit complet, il faut au moins six personnes, trois de chaque côté; ordinairement, le nombre en est double, en sorte qu'il y a six joueurs dans chaque camp.

On partage l'espace en deux parties égales, par une ligne qu'on trace sur le terrain.

Au commencement du jeu, le ballon est jeté aux joueurs par une personne choisie par le sort, et, dès ce moment, il s'agit de le chasser dans le camp de la partie adverse. On continue cet exercice jusqu'à ce que le ballon tombe à terre; alors la partie dans le territoire de laquelle il est tombé perd plus ou moins de points, selon que le ballon est renvoyé plus ou moins loin. On joue communément jusqu'à soixante points.

Il n'est permis de repousser la balle que de volée ou du premier bond, tandis qu'au ballon, quand on ne fait point de partie régulière, le joueur met son amour-propre non-seulement à ne point laisser mourir le ballon entre ses mains, mais encore à le pousser le plus haut possible; le second, le troisième et le quatrième bond sont pour cela aussi légitimes que le premier; il est même permis de toucher plusieurs fois la machine. Ainsi, ce n'est pas chose rare de voir un joueur ramener de très-loin un ballon, en lui faisant faire des bonds successifs, jusqu'à ce qu'il le trouve dans une situation favorable pour le lancer avec vigueur.

Il faut pour cet exercice un grand emplacement. Il en existe plusieurs à Paris, dans le carré des Champs-Elysées, où se réunissent souvent ceux qui se livrent à ce passe-temps, aussi amusant que favorable à la santé.

Du reste, les règles du jeu de ballon sont les mêmes que celles du jeu de balle ou du jeu de paume.

Le jeu de ballon renferme tout ce qui appartient à un bon exercice corporel, et procure en même temps beaucoup de plaisir; il fortifie le bras et exerce le coup d'œil. Martial, cependant, tout en laissant le ballon à l'enfance et à la vieillesse, le proscrit pour la jeunesse, sans doute parce que cet exercice est trop modéré pour elle, et ne demande pas autant de mouvement que la balle. Il n'est pas nécessaire d'avertir que, chez les Romains, le mot *juvenes* s'étendait jusqu'à un âge beaucoup plus avancé que celui que nous entendons ordinairement par le mot *jeunesse*.

Parmi les jeux que les premiers Européens trouvèrent établis chez les Indiens de la Guyane, un des plus singuliers était celui du ballon; ils y jouaient avec le pied, réunis plusieurs joueurs contre un seul, qui conservait la faculté de se servir de ses mains.

BAQUET (Le jeu du). C'est un jeu que nous trouvons représenté dans un livre de prières du quatorzième siècle, et qui n'est pas sans difficulté, comme il est facile d'en juger. Un enfant est assis sur un bâton soutenu à ses extrémités par de petits tréteaux; au-dessous de lui se trouve un baquet rempli d'eau. Il faut que, dans cette position, l'enfant allume une bougie à l'aide d'une autre bougie placée à l'une des extrémités du bâton. Mais que de précautions pour y parvenir! car, au moindre mouvement, l'enfant peut tomber dans le baquet. Pour se maintenir en équilibre, il tient le bâton serré entre ses deux jambes, et la bougie attachée à un morceau de bois transversal lui permet d'atteindre l'autre lumière sans trop se pencher.

Nous trouvons dans le même volume une autre manière de jouer au baquet. Deux enfants glissent sur un banc incliné; ils sont assis, et leurs mains sont jointes sur leurs genoux. L'un des deux enfants, renversé sur le dos, approche sa tête de l'eau d'un baquet placé au-dessous du banc. Il est assez difficile de se rendre compte de ce jeu, qui consistait sans doute seulement à mouiller l'extrémité des cheveux sans perdre l'équilibre et tomber tout à fait dans l'eau.

BARRES. Image de la guerre, le jeu de barres fait les délices des écoliers; aussi est-il presque exclusivement parmi nous l'exercice des jeunes gens, auxquels il procure un exercice salutaire et un spectacle animé. Il consiste à se séparer en deux troupes, à venir se provoquer réciproquement à courir les uns sur les autres, entre des limites marquées, en sorte que, si quelqu'un de l'un ou de l'autre parti est pris par ses adversaires, il demeure prisonnier jusqu'à ce que quelqu'un de son parti le délivre, en l'emmenant malgré les poursuites du parti contraire. Mais nous allons faire connaître plus en détail les règles de ce jeu.

Et d'abord, parlons de l'emplacement, car il n'est pas indifférent. Le théâtre du jeu de barres est ordinairement une grande allée de parc ou de jardin, une vaste plaine ou clairière, sur laquelle la société s'est arrêtée pendant une promenade lointaine. Tout terrain uni et bien battu est convenable pour jouer à ce jeu; seulement, il est important qu'il ne s'y trouve ni ornière, ni fossé, ni tronc d'arbre à fleur de terre, ni petits buissons, enfin rien qui puisse exposer les joueurs à faire quelque chute en courant.

Une fois le terrain choisi, on le partage en deux camps, dont on marque les limites avec les habits, les chapeaux, les cannes, quelques baguettes ou branches de feuillage, ou bien on trace un sillon en terre; peu importe! l'essentiel est que l'enceinte soit exactement marquée. Les deux camps s'établissent, l'un en face de l'autre, à cinquante ou soixante pas de distance.

La troupe se partage en deux groupes, et les coureurs qui composent chaque groupe doivent être en nombre égal, d'égale force, également habitués à la course, afin que l'un n'ait pas sur l'autre de trop grands avantages. Dès que les deux camps sont formés, le combat commence.

Le sort décide lequel des deux camps demandera barre sur l'autre; les combattants des deux partis se tiennent l'un auprès de l'autre sur la limite de leur enceinte. Bientôt un joueur du parti désigné s'avance lentement vers le camp ennemi; il se pose le jarret tendu, le bras en avant, et dit d'une voix forte : *Je demande barre contre un tel*. L'antagoniste qu'il a provoqué s'élance aussitôt, frappe deux légers coups dans la main que lui tend le provocateur, et, lorsqu'il s'apprête à frapper le troisième, ou immédiatement après qu'il l'a fait résonner, il poursuit son ennemi, qui court comme le vent. Un des coureurs du camp de celui-ci vient à son secours, en courant sur son antagoniste, et il a ce qu'on appelle *barre* sur celui qui a répondu au défi. Un deuxième coureur du camp défié sort à son tour, et l'on se poursuit ainsi les uns les autres, jusqu'à ce que tout le monde soit rentré dans son camp sans qu'il y ait personne de pris, ou jusqu'à ce qu'un des joueurs soit fait prisonnier. Celui qui l'a atteint s'écrie à l'instant : *Pris!* À ce signal, tout le monde doit s'arrêter, ou les captures ne seraient plus faites de bonne guerre.

Le camp est un asile inviolable; non-seulement celui qui y rentre ne peut être saisi dans son enceinte, mais il a le droit d'en sortir et de poursuivre à son tour ceux qui le poursuivaient d'abord. Si un joueur s'est trop avancé, on essaye de le couper dans sa course, c'est-à-dire de se mettre entre lui et le camp dont il est sorti; alors on a barre sur tous ceux qui sont sortis depuis qu'on est sorti soi-même.

La partie de barres se fait de deux manières : ou les prisonniers sont rendus à chaque coup, et alors elle consiste en un nombre convenu de captures; ou bien les prisonniers sont gardés dans le camp ennemi jusqu'à ce qu'on les délivre ou qu'il ne reste plus un seul joueur des deux côtés. Dans ce dernier cas, la partie peut être éternelle, parce qu'un seul coureur, s'il s'y prend bien, ou si l'ennemi ne fait pas bonne garde, peut délivrer tous ceux de son parti.

Voici comment s'opère la délivrance des prisonniers. Celui qui est pris est tenu de se rendre sans résistance, et sans pouvoir s'échapper du camp de ses adversaires. Les prisonniers se rangent sur une seule file, à l'entrée du camp, et en se tenant par la main. Ils ne peuvent sortir de cette place et rentrer dans leur camp qu'autant que quelqu'un de leur parti, arrivant à l'improviste, touche le premier d'entre eux sans être pris lui-même; mais cette délivrance n'est pas facile, parce qu'on laisse toujours quelqu'un dans le camp pour surveiller les prisonniers. Si les joueurs du même parti se trouvent tous imprudemment engagés dans une campagne, alors un des adversaires profite de cette négligence et leur enlève en un clin d'œil le fruit de plusieurs victoires. Ainsi le jeu de barre, comme la vie de plus d'un conquérant, met en action cette maxime : Qu'il est moins difficile de faire des conquêtes que de les conserver.

Tel est le jeu de barres ordinaire. Les *barres forcées* en diffèrent en ce que les prisonniers, au lieu d'attendre que quelqu'un vienne les délivrer, passent à mesure dans le camp ennemi, dont ils deviennent de nouveaux soldats. Quand l'un des deux partis a perdu ainsi le plus grand nombre et les plus forts de ses champions, il est obligé de céder, et le combat finit, faute de combattants. C'est assez l'usage qu'aux barres forcées on soit obligé de frapper de trois petits coups celui que l'on veut prendre. Au jeu de barres ordinaire, si on a des prisonniers de part et d'autre, on peut faire des échanges. Lorsque la course est devenue générale, on s'engage quelquefois bien loin des camps, surtout si l'on joue dans une campagne; mais alors il s'élève des difficultés pour savoir si un des joueurs avait barre sur un autre.

Ce jeu est un exercice qui ne convient qu'à la jeunesse. On l'a vu quelquefois jouer par de jeunes officiers, et, si on avait soin d'entretenir par l'exercice l'agilité du corps, on pourrait y jouer dans un âge plus avancé. Adry y a vu jouer, de son temps, c'était sous le règne de Louis XVI, presque tous les gardes du corps d'une des quatre compagnies, mais avec quelques circonstances qui donnaient à cet exercice la forme d'une chasse plutôt que celle d'un combat.

Nos jeunes demoiselles se livrent quelquefois à cet excellent exercice; et pourquoi ne s'y livreraient-elles pas également, et ne chercheraient-elles pas à développer dans une course légère les grâces qui leur sont naturelles et que l'exercice ne fait qu'augmenter encore? Quel spectacle plus intéressant que celui d'une troupe de jeunes filles se disputant à la course le prix de la grâce et de l'agilité! Cette occupation vaut bien, ce nous semble, la lecture insipide, et souvent dangereuse, d'un mauvais roman, ou le caquetage plus insipide encore de la plupart des cercles, et l'éternelle monotonie de tous ces prétendus *jeux d'esprit*, qui en supposent si peu dans ceux qui s'en amusent.

Joué par les jeunes gens des deux sexes, ce jeu n'en a que plus de charme, et de piquants accessoires viennent en augmenter l'attrait. Voyez cet habile coureur : il demande barre contre une des jeunes filles de l'autre camp, pour toucher deux fois sa jolie main, pour la voir courir devant lui, pour avoir enfin le plaisir de l'atteindre. Puis, les joueurs, sous prétexte d'assortir leur camp, et, s'étayant de leur expérience d'écoliers aux barres, choisissent, pour former leur troupe, les dames qu'en toute occasion ils préfèrent pour partenaires. En attendant les défis, on cause, on rit, on oublie l'occasion qui vous rassemble, et on se laisse prendre bien plus par les compagnons qui demeurent en place que par l'ennemi qui vous poursuit. Ces incidents se répètent dans le camp opposé; le jeu, vif et piquant, remplit la journée entière, et la maîtresse du logis bénit Dieu de voir ses hôtes si bien occupés; il n'y a pas jusqu'au cuisinier qui n'y gagne, car l'exercice et la gaieté sont de piquants assaisonnements dont on veut bien lui faire honneur.

BASCULE. La bascule, qu'on appelait anciennement *collero*, et qu'on nomme quelquefois encore *brandilloire* ou *balançoire russe*, est un jeu, ou mieux un exercice basé sur la théorie du levier interrésistant. En effet, une légère poutre ou une forte pièce de bois, placée à son centre sur une élévation quelconque et formant pivot, voilà la bascule dans sa plus simple expression. Les deux joueurs se placent, assis ou à cheval, aux deux extrémités de la planche, et, par des efforts combinés, ils se lèvent et s'abaissent tour à tour. Mais à peine a-t-on joué quelque temps, que la planche, qui n'est point assujettie sur le pivot, glisse ordinairement du côté du joueur le plus pesant; alors l'équilibre manque, et on ne peut y remédier qu'en remettant la planche sur son modeste pivot.

Ce jeu, avec le temps, s'est perfectionné, et, aujourd'hui, les bascules, dans les jardins publics, sont un peu mieux organisées. Le pivot est un pied solide, formé d'une charpente plus ou moins élégante, et dont la partie supérieure forme une ouverture de la grosseur exacte de la solive, fixée dans cette ouverture au moyen d'une cheville de fer qui traverse à la fois la solive et les deux parties de l'ouverture. Les extrémités de la solive, formant levier, sont garnies d'une haute poignée de fer pour se maintenir ferme et prévenir les chutes, et on y place aussi quelquefois des coussins et des dossiers.

Il y a également des jeux de bascule double, c'est-à-dire que deux solives s'y croisent, mais ayant chacune leur axe

particulier. D'autres bascules encore sont doubles et à pivot tournant; alors quatre personnes peuvent se placer sur cet appareil et s'amuser à la fois, et deux à deux; celle qui descend frappe légèrement le sol du pied en poussant à gauche ou à droite, mais toujours dans le même sens que les autres. Il en résulte pour les joueurs un mouvement continuel de rotation avec un mouvement d'ascension et de descente alternatif; il est important, cependant, de ne pas toujours aller dans le même sens, car la tête tournerait bientôt, et l'on s'exposerait à des chutes d'autant plus dangereuses que l'on n'est pas maître d'arrêter soudainement le mouvement de rotation imprimé aux solives.

La bascule est le jeu favori des Moscovites; les deux joueurs, placés aux deux extrémités d'une planche appuyée à son centre sur un simple bloc de pierre, se tiennent debout, et, pour donner le branle à la planche, ils sautent en l'air tour à tour avec beaucoup d'adresse et d'agilité.

Image de la vie, ce jeu a des dangers, et plus d'un amateur s'y est cassé les jambes. Aussi un vieux poëte, Stella, a-t-il dit avec assez de raison, dans des vers qui sont loin d'être merveilleux :

Ceux-ci, qui tiennent le haut bout,
Pensent être au-dessus de tout ;
Mais leur descente sera prompte :
La chance tourne, et c'est ainsi
Que tout roule en ce monde-ci,
Où l'un descend quand l'autre monte.

BASILINDA. C'était, chez les Grecs, le jeu que nous nommons *la royauté*. On tirait au sort pour choisir un roi qui commandait aux autres ce qu'il voulait. Ce jeu des Grecs passa chez les Romains avec quelque différence. Cyrus, élevé parmi des bergers, est élu roi par des enfants qui jouent ensemble, et il exerce l'autorité qu'il s'imagine avoir reçue, d'une manière si sérieuse, qu'on se voit obligé d'en porter des plaintes au véritable roi. Astiages fait venir Cyrus, lui demande raison de la sévérité dont il a usé envers de jeunes pâtres, ses camarades : « C'est que je suis roi, » répondit-il sans se troubler. Sa fermeté étonne Astiages, qui, après quelques informations, reconnaît que ce prétendu berger est son petit-fils. Saint Chrysostome dit : *jouer au magistrat*. Nous disons quelquefois *jouer au commandement, jouer au jeu de l'abbé*, ce qu'on appelle en Languedoc : *capitani mal gouber*.

Les Arabes et les Turcs jouent *au cadi ;* et l'on peut voir, dans les *Mille et une nuits*, l'histoire très-intéressante d'un enfant du peuple qui y jouait avec ses camarades au clair de la lune sur un tas de fumier. Ils y faisaient comme la répétition d'un jugement qui avait été porté le jour même par le cadi. Il s'agissait d'un homme qui, en partant pour un voyage beaucoup plus long qu'il ne se l'imaginait, avait déposé chez son voisin un vase de terre rempli d'olives, mais au fond duquel il avait mis plusieurs pièces d'or qui faisaient toute sa fortune. Lorsqu'il revint, on lui remit son pot de terre, mais son or n'y était plus ; et le voisin s'était tiré d'affaire en levant la main devant le cadi, et en assurant qu'il avait remis fidèlement le dépôt qui lui avait été confié. L'enfant n'avait pas jugé tout à fait de même, et le calife Aaron-al-Raschid, devant qui l'affaire avait été renvoyée pour être jugée en dernière instance, fut témoin de ce petit jeu, dans une des tournées fréquentes qu'il faisait pendant la nuit dans les rues de Bagdad. Il fut si content de la sagacité de l'enfant, qu'il le fit venir le lendemain, et l'obligea de juger lui-même l'affaire. Au moment où le dépositaire infidèle voulait encore lever la main, l'enfant l'arrêta, et envoya chercher des marchands d'olives à qui il demanda si les olives qu'ils voyaient pouvaient être depuis sept ans dans ce vase. Ils assurèrent que leur fraîcheur annonçait qu'il n'y avait pas un an qu'on les y avait mises. Alors l'enfant, qui avait fait la même chose dans son jeu, et qui, en conséquence, avait condamné à mort le dépositaire infidèle, se retourna gravement vers le calife et lui dit : « Commandeur des fidèles, ce n'est plus un jeu ; c'est à Votre Majesté de condamner à mort sérieusement, et non pas à moi qui ne le fis hier que pour rire. » Le calife embrassa l'enfant, et le renvoya avec une bourse de cent pièces d'or.

Dion Chrysostôme dit : *jouer à la royauté*. A Rome, on choisissait un roi dans les festins. Horace dit que les enfants en nommaient un dans leurs jeux. Les enfants disent : « Vous serez roi si vous faites bien, loi plus sage que celle de Roscius. » Il s'agit de plusieurs jeux des enfants où celui qui s'était distingué était nommé *le roi*, tandis que le vaincu se nommait *l'âne;* et Horace fait cette remarque à l'occasion de la loi *Roscia*, qui exigeait que l'on possédât une somme considérable pour être chevalier romain, et pour être assis aux premiers rangs de l'amphithéâtre. Platon dit aussi : « Celui qui fera toujours mal sera l'âne, comme disent les enfants en jouant à la balle, et celui qui fera bien sera roi. »

Il y avait donc deux sortes de *basilinda :* l'une où l'on tirait au sort à qui donnerait les ordres à d'autres enfants; l'autre qui était la suite d'un jeu, et où le titre de roi était la récompense du vainqueur.

Le roi de la table est encore en usage parmi nous le jour des rois ou de l'Epiphanie. C'est ce que nous appelons *le roi de la fève*, parce que cette royauté se tire avec une fève dans un gâteau. C'est le plus jeune qui fait les par tages, et on sait que le cardinal de Fleury, ayant près de quatre-vingt-dix ans, fut bien étonné de se voir adjuger cette fonction par la flatterie d'un vieux courtisan qui l'invita avec d'autres seigneurs encore plus âgés que lui; tant il est vrai que l'on trompe les grands jusqu'au bord du tombeau.

Cette cérémonie paraît venir de ce qui se pratiquait à Rome aux saturnales, qui se célébraient à la fin de dé-

Le roi boit.

cembre. Pour rappeler l'âge d'or ou le règne de Saturne, pendant lequel tous les hommes étaient égaux, on s'efforçait de retracer une image de cette égalité vraie ou chimérique. Les esclaves mangeaient à la table de leur maître, et pouvaient même être le roi du festin, si le sort les favorisait. Cette source païenne a engagé plusieurs casuistes à condamner cette royauté de la fève, que d'autres casuistes tolèrent.

Trébellion Pollion dit que l'empereur Gallien gouverna beaucoup moins bien qu'une femme, qu'il ne s'occupait que de bagatelles et de niaiseries, et qu'il n'exerça pas mieux sa puissance que ne le font les enfants qui jouent à la royauté. Son empire ne fut en effet qu'un jeu et une représentation comique; et, pour en donner une idée, il suffira de dire que ce prince voulant donner aux Romains le spectacle d'un triomphe, on ne vit à sa suite que des vaincus imaginaires, c'est-à-dire des hommes apostés et payés pour représenter des Goths, des Sarmates, des Francs, des Perses, etc., tandis que tous ces peuples, ou étaient libres, ou recouvraient tous les jours leur liberté sous un insensé qui, n'ayant que le titre d'empereur, était assez imbécile pour faire mettre sur ses médailles : *Pax ubique*, au moment même où l'empire était envahi et morcelé de toutes parts.

A Rome, les enfants jouaient aussi à un jeu que l'on nommait *judicia facere*, jouer au juge. On y représentait un jugement dans toutes les formes. Il y avait des juges, des accusateurs, des défenseurs, et même des licteurs, pour mettre en prison celui qui serait condamné. Plutarque, dans la *Vie de Caton d'Utique*, raconte qu'un de ces enfants, après le jugement, fut livré à un enfant plus grand que lui, qui le mena dans sa chambre, où il l'enferma. L'enfant eut peur, et appela à son secours Caton, qui était du jeu. Alors Caton se fit jour à travers ses camarades, délivra son client et l'emmena chez lui, où tous les autres enfants le suivirent comme en triomphe.

BATON (A cheval sur un). Voilà, il faut en convenir, une singulière monture ; mais avec un pareil coursier on

n'a pas du moins à craindre les chutes ni les ruades. A peine les petits garçons peuvent-ils courir, qu'on les voit, cavaliers primitifs, passer entre leurs jambes un bâton dont ils soutiennent avec la main le bout placé devant eux; souvent ils attachent à ce bout une ficelle ou un ruban, qui fait tantôt une petite boucle pour passer le poing et sert de bride, ou s'étend assez pour que le cavalier puisse y passer sa tête. Ordinairement ce cavalier de nouvelle fabrique attache un cordon au bout d'une baguette, et s'en sert comme d'un fouet pour accélérer la marche de son cheval.

Horace parle de ce jeu, qui est très-connu et fort ancien : *Equitare in arundine longa*. Agésilas, roi de Lacédémone, pour amuser son fils encore enfant, redevint enfant avec lui, et on vit ce grand prince aller à *chevauchons* sur un bâton, et dire à quelqu'un qui en paraissait étonné : « Pour me blâmer, attendez que vous soyez père. » Valère Maxime nous apprend aussi que Socrate ne rougit point lorsque Alcibiade le trouva jouant à ce jeu avec de petits enfants. Les Grecs appelaient ce jeu : *Calamon epibainein, arundine equitare* ou *ferri*.

Quelquefois, pour plus d'enjolivement, une des extrémités du bâton est sculptée, et représente tant bien que mal une tête de cheval. Les enfants dont les parents peuvent faire de la dépense ont de grands chevaux de carton ou de bois ; mais c'est un luxe qui, sans doute, était encore inconnu du temps d'Agésilas.

Ce jeu est moins insignifiant quand plusieurs enfants galopent à la fois, parce qu'ils se défient à la course.

BATONNET. Un enfant renfermé dans un cercle est armé d'un bâton un peu long (de soixante-six centim. à un mètre). Son camarade se tient à quelque distance du cercle, essayant d'y jeter un petit bâtonnet, pointu par les deux bouts, et ayant à peu près la forme d'une navette de tisserand. Celui qui est dans le cercle tâche d'attraper le bâtonnet à la volée, et de l'éloigner le plus qu'il peut avec son bâton. S'il y réussit, il a droit de frapper jusqu'à trois fois le bâtonnet par un des bouts, ce qui le fait sauter en l'air, et à chaque fois il le frappe avec son bâton, et l'éloigne encore plus loin. Après le troisième coup, son camarade s'empresse de ramasser le bâtonnet, et s'efforce de le jeter dans le cercle, avant que l'autre soit rentré et en état de l'en empêcher. Si le bâtonnet tombe dans le cercle, celui qui l'a jeté devient, à son tour, le maître et le défenseur du cercle. Dans une partie de la Champagne, ce jeu s'appelle *bisquinet*.

On pourrait se blesser à ce jeu, si on s'approchait trop du petit bâtonnet, au moment où l'adversaire le frappe avec force. Aussi est-il défendu d'y jouer dans les rues et les promenades publiques.

Dans Stella, le jeu du bâtonnet ne consiste qu'à frapper avec un bâton un autre petit bâton, dont les extrémités se courbent un peu.

BATTOIR (Le). C'est un jeu que l'on fait avec les mains et qui, dit-on, est assez joli lorsqu'on en a pris l'habitude et qu'on l'exécute très-vite. Deux enfants se placent en face s'ils sont debout, et un peu de côté, s'ils sont assis, afin que leurs mains soient placées les unes vis-à-vis les autres. Alors tous deux, les doigts bien droits, bien rapprochés et la main bien plate, frappent des mains comme s'ils voulaient applaudir; ensuite ils ouvrent tous deux les mains, et les appliquent l'un l'autre sur celles de son voisin : tout de suite après, ils recommencent à les frapper comme pour dire *braco*, puis la main gauche de l'un va s'appliquer sur la main droite de l'autre; ou frappe encore des mains, et la main droite à son tour va s'appliquer sur la gauche. L'action de frapper des mains termine cette série de mouvements, qui se continuent toujours de même, très-rapidement, et sans frapper trop fort, parce que la paume des mains ne tarderait pas à éprouver une rougeur et une cuisson dangereuse.

Quand on est bien habitué à ce jeu, et qu'on l'exécute sans interruption, on chante le couplet suivant, auquel les coups cadencés servent d'accompagnement :

Dans sa cabane, un jeune et saint ermite
Vivait de noix et de pain bis;

> Jamais poulet n'entra dans sa marmite,
> Ni poulette dans son taudis.
> Un certain soir il en vint une.
> Notre saint fit si bien, qu'il l'attrapa.
> La bonne fortune !
> Lui dit-il, ma brune,
> Jamais mondain ne te croquera.

Il y a une variante à ce jeu. Après que l'on a croisé les mains, au lieu de recommencer la suite des mouvements, on se donne un coup du plat de la main sur le côté à droite ; on frappe des mains, et on répète le coup sur le côté à gauche ; on poursuit ensuite après cette addition, qui a lieu toujours en son temps. On ne peut plus alors suivre la mesure de l'air (1).

BELLE MARGUERITE (La). Voyez cet essaim de petites filles rieuses et folâtres qui jouent à la *belle Marguerite*. Ce jeu les amuse beaucoup, car elles s'y livrent toutes les fois qu'elles le peuvent dans leurs promenades et dans leurs autres moments de récréation. L'une d'elles se met à genoux : c'est la belle Marguerite ; aussitôt ses compagnes, à l'exception d'une seule, lui relèvent sa robe au-dessus de la tête, et tiennent ce vêtement de place en place de manière à former un cercle autour d'elle. Ainsi tenue, cette robe ressemble à une véritable cage à poulets renversée, et s'appelle la *tour*. Alors celle des petites filles qui est restée simple spectatrice, et qui représente l'*ennemi*, s'avance vers ses compagnes en chantant le couplet suivant :

> Où est la belle Marguerite,
> Auger, Auger, Auger ?
> Où est la belle Marguerite,
> Auger, beau chevalier ?

Ce chevalier invisible est censé se trouver dans la tour ; il répond par la voix de la belle Marguerite et des autres joueuses, qui sont considérées comme les *pierres* de la tour :

> Elle est dedans sa tour,
> Auger, Auger, Auger,
> Elle est dedans sa tour,
> Auger, beau chevalier.

L'ennemi reprend alors :

> Pourrait-on y entrer,
> Auger, Auger, Auger ?
> Pourrait-on y entrer,
> Auger, beau chevalier ?

Les pierres répondent :

> Il faudrait l'emporter,
> Auger, Auger, Auger.
> Il faudrait l'emporter,
> Auger, beau chevalier

L'ennemi reprend, en ôtant une des pierres qu'il prend par la main :

> Une pierre suffirait-elle ?
> Auger, Auger, Auger.
> Une pierre suffirait-elle,
> Auger, beau chevalier ?

Les pierres répondent :

> Une pierre ne suffit pas,
> Auger, Auger, Auger
> Une pierre ne suffit pas,
> Auger, beau chevalier.

L'ennemi continue ainsi à demander, en ôtant successivement les pierres, si deux, trois, quatre pierres suffisent ; on lui répond toujours négativement en resserrant la jupe ou la tour. Quand il ne reste plus qu'une seule pierre, c'est-à-dire qu'une seule petite fille à tenir la robe, cette pierre la serre comme le fond d'un sac, la laisse retomber

(1) Extrait du *Manuel des jeux de société.*

sur la tête de la belle Marguerite, et s'enfuit en courant. Toute la troupe joyeuse en fait autant, car dès que la prisonnière peut se dégager de sa robe, elle poursuit les pierres aussi bien que l'ennemi, et cherche à attraper celle qui devra lui succéder dans le rôle de la belle Marguerite.

BELUSTEAU. C'est un des jeux auxquels Rabelais fait jouer son héros Gargantua. Deux enfants se placent de face, s'entrelacent les mains, et se poussent tour à tour, comme s'ils se blutaient.

BERLURETTE. Espèce de colin-maillard ; mais on ne met point de mouchoir. Quelqu'un vous couvre les yeux avec ses deux mains. Les autres joueurs viennent vous frapper sur le bout du nez ; celui qui vous ferme les yeux se met de la partie. Il vous empêche de voir, avec l'index et le doigt du milieu d'une main, et vous frappe avec l'autre. Ainsi, c'est un jeu d'attrape.

BERNE (La). Ce jeu consiste à faire sauter en l'air par le moyen d'une couverture. On se rappelle que Sancho Pança fut ainsi berné dans une hôtellerie. L'usage de la berne était fort ancien . les Romains l'avaient transmis aux Italiens et aux Espagnols ; sous les empereurs on bernait les esclaves, les ivrognes et les chiens. Suivant Le Roux, « berner veut proprement dire faire sauter un renard dans une toile. » Un des plus spirituels écrivains du dix-septième siècle, Voiture, subit un jour cette ridicule épreuve. Voici comment un poëte de la même époque, le vif et chaleureux Saint-Amand, a décrit la berne :

> Tenez bien, roidissez les coings
> Y êtes-vous ? serrez les poings,
> Et faisons sauter jusqu'aux nues,
> Par des secousses continues,
> Sans crier jamais : c'est assez,
> Ny que nos bras en soient lassez,
> Cette sorcière à triple étage.

Saint Grégoire de Naziance, dans la *Vie de saint Basile*, dit que lorsqu'il arrivait un nouvel écolier à Athènes, ceux qui s'en emparaient les premiers l'emmenaient et le logeaient avec eux. Les autres écoliers se moquaient de lui, le promenaient en grande pompe par les rues et dans la place, et le conduisaient aux bains de l'Académie, le précédant deux à deux. Arrivés près du bain, ils jetaient de grands cris pour effrayer et pour éprouver son courage. Alors on ouvrait les portes, et il était reçu. Photius dit qu'il ne pouvait l'être sans cette cérémonie, à moins que les sophistes ou professeurs n'eussent jugé qu'il pouvait prendre le manteau, qui était la marque distinctive des étudiants. Du temps de saint Basile, on le recevait après le bain, et dans la salle même du bain, des mains des plus anciens écoliers, que le nouveau venu était obligé de traiter splendidement. La gravité du jeune Basile et le respect qu'il inspira à ses camarades, le firent exempter de cette cérémonie puérile, assez semblable à celle qu'on appelait parmi nous *béjaune*, ou réception d'un novice ou candidat dans plusieurs états et professions. Rabelais parle de la fameuse pierre levée que l'on voit encore à une demi-lieue de Poitiers, sur le chemin de Bourges. Elle a environ vingt-sept pieds de long sur six de largeur, et un et demi de hauteur. Elle est élevée sur trois pierres placées à trois des coins de la grosse pierre, et il paraît qu'une quatrième a été déplacée. Cette pierre énorme est au milieu d'une campagne où l'on ne trouve point d'autres pierres. Il paraît que, dans des temps très-reculés, et qu'on ne peut déterminer, elle servit de monument après quelque grande victoire. Les écoliers en droit de l'Université de Poitiers la faisaient servir à un usage bien différent ; on y conduisait en grande pompe les nouveaux arrivés ; on leur faisait baiser la pierre ; et cette cérémonie était accompagnée de plusieurs autres, et sans doute de quelque repas que le nouveau débarqué était obligé de donner sur la pierre même. (Voyez Brimade.)

La *berne* est quelquefois une punition ; quelquefois c'est un jeu, mais il est très-dangereux.

On sait que le jeune Alphonse Mancini, neveu du cardinal Mazarin, mourut des suites de ce jeu, le 15 décembre 1654. On l'avait mis au collège de Clermont, depuis Louis-le-Grand aujourd'hui Descartes. Ses jeunes camarades s'amusèrent à le faire sauter sur une couverture. L'un d'eux lâcha prise, et Alphonse, blessé très-dangereusement, ne survécut à sa chute que très-peu de jours. Le roi lui avait envoyé son premier chirurgien, et l'était venu voir lui-même. Parmi les poésies du P. Rapin, on trouve une pièce d'environ cent soixante vers héroïques, et une églogue sur cette mort prématurée. Le poëte y fait le plus grand éloge d'Alphonse; mais sans dire un seul mot de l'accident qui avait causé sa mort.

Dans le département de la Vienne, le battage des grains se fait aussitôt après la moisson : c'est le plus fatigant des travaux rustiques. Cependant les batteurs trouvent moyen de l'égayer en infligeant des peines à ceux qui enfreignent les réglements de la police de l'aire. La correction ordinaire consiste à renverser le coupable sur un ballin (drap de grosse toile rousse) que quatre hommes robustes tiennent par chaque coin; on lui fait faire ainsi plusieurs fois le tour de l'aire, ce qui s'appelle *balliner*. On conçoit aisément les rires qui accompagnent cette promenade.

BILBOQUET. Avant de nous occuper du jeu, voyons le mot. D'où vient-il? Roquefort le fait venir de *bille*, en latin *pila*, et, en effet, on écrivait anciennement *billeboquet*. Ch. Nodier le dérive de *bambin, bimbeloterie, bimbeloquet;* puis il remarque encore qu'il est parlé dans Rabelais d'un jeu de *billeboc*, dont le nôtre est probablement renouvelé. Nous avouons que si cette dernière étymologie paraît très-probable pour le jeu, nous ne voyons guère son application à toutes les autres acceptions du mot *bilboquet*. Rabelais dit *billebouquet*, et *boquer* est un vieux mot qui signifie choquer, heurter; selon d'autres, *bocquet* est un petit morceau de bois, et l'on s'en sert encore dans ce sens à Metz et ailleurs. Autrefois, il s'appelait *carabono* et *tirolance*.

Le bilboquet est un jouet d'enfant fort connu. Il consiste en un petit morceau de bois ou d'ivoire tourné, creusé en rond par un des bouts et pointu par l'autre; au milieu est attachée une gance ou ficelle terminée par une boule percée d'un trou, et que l'on doit chercher, en la lançant, à faire retomber et à fixer sur l'un des bouts du bilboquet.

Le bilboquet a de véritables titres de noblesse, car nous voyons, dans le Journal du vieil historien l'Estoile, que Henri III, qui n'aimait pas les jeux de hasard, quoique l'on jouât beaucoup à sa cour, s'était passionné pour le bilboquet au point d'en jouer sans cesse, et jusque dans les rues, et d'oublier même ses mignons. Cette haute faveur cependant tomba; mais le hasard, qui décide du sort des jeux aussi bien que des affaires de ce monde, voulut que, vers le milieu du règne de Louis XV, le bilboquet reprit une telle vogue, que les élégants de la haute aristocratie, avec l'épée au côté et le chapeau à plumets, se montraient partout armés de bilboquets d'ivoire, et que, sur le théâtre même, Iphigénie et Sémiramis s'avançaient en faisant jouer un bilboquet; car les actrices ne quittaient pas, en public, cet instrument généralement adopté. Après avoir été quelque temps abandonné, ce jeu fut repris en 89, mais il fut bientôt remplacé par le jeu de l'*émigrant*. Aujourd'hui, le bilboquet est à peine en usage chez quelques enfants.

De Paulmy, tout en disant que c'est un amusement ridicule, convient néanmoins que ce jeu n'est pas facile, et qu'il demande un grand exercice. Il ajoute aussi qu'à ce jeu on joue seul, et qu'il ne peut être à perte ou à profit qu'autant qu'on peut parier contre le joueur qu'il manquera son entreprise dans un certain espace de temps, ou dans un certain nombre de coups.

Gui-Patin, prenant le mot de *bilboquet* dans une acception figurée, appelait des gens que la fortune avait élevés subitement, et dont la position ne paraissait pas bien assurée, les *bilboquets de la fortune*. En effet, comme le remarque un écrivain, ce jeu, tout ancien qu'il est, a pu et pourra encore passer de mode et cesser de plaire aux enfants pour faire place à une nouvelle distraction, mais jamais probablement les hommes ne seront assez sages pour se contenter d'une condition en rapport avec leur valeur réelle et pour refuser de servir de jouets à

la fortune, en briguant des positions trop élevées. C'est surtout au sortir d'une révolution que se font ces expériences, souvent plus coûteuses au pays qu'à ceux-là mêmes qui les tentent, et qui, si elles ne guérissent point les ambitieux, devraient au moins servir de leçon à ceux qui donnent trop facilement les mains à leurs projets. Ajoutons toutefois, pour être vrais, et pour montrer en même temps que la fortune ne défait pas toujours ce qu'elle a fait mal à propos, qu'on a vu de tout temps des ambitieux et des intrigants assez souples ou assez heureux pour rester à leur poste en dépit des événements contraires, et pour se retrouver toujours *sur leurs pieds*, au milieu des plus grands naufrages. Ceux-là sont comparés à ces petites figures qui ont aux jambes des plombs dont le poids les fait toujours se retourner et se trouver debout, quelque autre position qu'on essaye de leur faire prendre, et qu'on appelle aussi du nom de *bilboquet*.

BILLES. Les billes!... à ce mot, comment ne pas se reporter, malgré soi, aux premières années de son enfance? Qui n'a joué avec ces petites boules de terre cuite, de pierre, de stuc, de marbre ou d'agate? La bille!..... mais c'est tout le souci de l'enfant. Que venez-vous lui parler de lecture, d'écriture, de calcul! La lecture l'ennuie, l'écriture le fatigue, et le calcul lui casse la tête. Mais les billes, parlez-lui des billes; oh! alors vous verrez son petit front se dérider, ses traits s'animer, et sa vivacité reprendre son essor. Les billes!... c'est là son unique pensée, sa seule préoccupation, et la nuit même, quand il dort, il rêve encore qu'il gagne des billes; car les billes, voyez-vous, c'est toute son existence, toute sa vie, toute sa distraction, jusqu'à ce que d'autres amusements viennent remplacer chez lui ce premier jeu. Ne rions pas trop de cette passion de l'enfance pour les billes, car ce jeu nous poursuit et nous domine aussi nous-mêmes dans un âge plus avancé. En effet, le billard, notre jeu de prédilection à nous, qu'est-ce autre chose, à le bien prendre, qu'un jeu de grosses billes, que le jeu de billes fait homme?

Que les billes viennent du latin *pila* ou soient l'abrégé de notre mot *globilles* ou *gobilles*, petits globes, peu importe. Ce que l'on veut savoir, ce qu'il nous faut démontrer, c'est l'usage qu'on en fait pour se distraire. Or, les billes, en termes de jeu, se *talent*, c'est-à-dire se lancent les unes contre les autres. Pour y parvenir, voici comment on s'y prend. On place la bille entre la première phalange du pouce et le milieu du doigt index de la main droite. Quand il ne s'agit tout simplement que de caler les billes, on joue à deux : le premier joueur lance sa bille à quelque distance; l'autre, partant du même but, essaye de toucher la première, et, s'il réussit, on lui en donne une. Le premier joueur vise à son tour celle de son adversaire, et ainsi de suite. Le but n'est jamais fixe à cette espèce de chasse. Quelquefois on place à l'avance une bille qui marque le but, et c'est sur cette bille que chaque joueur dirige la sienne. Les autres parties de billes, telles que la poquette, la tapette, etc., sont un peu plus compliquées. On les trouvera à leur ordre alphabétique.

BOULANGÈRE (La). Tout le monde connaît cette jolie ronde, qui est si fort en usage à la ville et à la campagne, où il n'est presque pas de bal qu'elle ne termine.

Air : de la Boulangère.

La boulangère a des écus
   Qui ne lui coûtent guère (*bis*).
  Elle en a, je les ai vus;
J'ai vu la boulangère, j'ai vu,
  J'ai vu la boulangère.

L'exécution de cette ronde paraît assez compliquée; mais avec un peu d'habitude, et surtout d'attention, elle devient aussi facile qu'elle est amusante. Les danseurs forment une chaîne et commencent à sauter, en tournant en rond pendant les trois premiers vers. Lorsqu'on veut tourner davantage, on répète les deux précédents. Dès que le troisième tour est fini, tout le monde s'arrête, se quitte les mains, et un danseur et une danseuse, se détachant de la chaîne, entrent au milieu du rond. La dame est la *boulangère*, et le monsieur est son *soutien*. La dame s'élance en sautant vers le danseur qui lui donnait la main lorsqu'elle faisait partie de la chaîne, le prend de la main droite par la main gauche, et lui fait faire rapidement deux tours au milieu du cercle, puis le quitte brusquement, et prend de la même manière son soutien, demeuré au milieu du rond à l'attendre. Le monsieur regagne sa place dès qu'il est libre, et le soutien reste toujours au centre, attendant que la boulangère revienne à lui. La boulangère fait successivement tourner chaque danseur, et elle revient chaque fois à son soutien. Pendant ce temps, tout le monde chante les deux derniers vers, et les répète jusqu'à ce que la boulangère et son soutien aient terminé leur tâche. Ce dernier doit constamment se tenir prêt et présenter toujours la main gauche à la boulangère; tous deux doivent agir avec la plus grande rapidité, car la moindre lenteur suffirait pour rendre ce jeu traînant et monotone. Toutes les personnes qui composent la ronde doivent aussi seconder vivement les mouvements de la boulangère, et lui tendre toujours à temps la main gau-

La boulangère a des écus.

che. L'agilité des exécutants doit être en rapport avec la vivacité du chant. Aussitôt que la boulangère a fait tourner tous les messieurs, elle reprend, avec son soutien, sa place dans la chaîne. Le rond se forme de nouveau, et l'on se remet à tourner en chantant les deux premiers vers. Toutes les dames font tour à tour cet exercice; puis vient le tour des messieurs; alors c'est une dame qui sert de soutien. Le maître a soin de faire passer à sa gauche les couples qui ont tourné, afin d'éviter les doubles emplois.

BOULES. Jeu fort ancien et encore fort répandu, qui consiste à envoyer le plus près possible d'un point fixe des boules de bois de quatre à six pouces de diamètre. On joue, tantôt en plein air, tantôt dans une espèce de fossé avant la forme d'un parallélogramme fort allongé, à chaque extrémité duquel se trouve un petit creux où vont tomber les boules. Une boule plus petite que les autres, appelée *cochonnet*, sert de but, et l'objet du jeu est d'en approcher et de s'en maintenir le plus près possible, tandis que l'adversaire tend à vous en éloigner, tout en tâchant d'y arriver directement, soit en lançant une boule contre celles qui sont déjà placées. Chaque joueur prend deux ou trois boules, qu'il fait rouler doucement ou qu'il lance avec force, suivant le besoin.

Le jeu de boules, en plein air, est un exercice aussi agréable que salutaire; il fait les délices des gens du midi de la France, qui y sont fort habiles.

Il faut une certaine force pour lancer au loin des boules pesant trois ou quatre livres, et le coup d'œil, ainsi que l'adresse, sont nécessaires pour profiter des inégalités de terrain.

Les règles du jeu de boules sont simples et même assez souvent conventionnelles. La galerie décide les difficultés.

Le jeu de boules était, anciennement, fort goûté dans toute la France. Nos ancêtres s'étaient même tellement passionnés pour cet amusement, que Charles V le fit défendre, parce qu'il détournait les jeunes Français du métier des armes, et qu'il avait grand besoin, dit-il, de soldats, et non de *bouleurs*, contre les Anglais. Comme le jeu de boules donne lieu à beaucoup d'erreurs, et que les joueurs sont toujours disposés à s'attribuer l'avantage ou à tricher en mesurant la distance des boules, ils ont été appelés *bouleurs* ou trompeurs.

Racine le jeune, dans les *Mémoires* sur la vie de son père, dit que Boileau, dans sa vieillesse, ne recevait plus les visites que d'un très-petit nombre d'amis. « Il voulait bien, ajoute-t-il, y recevoir quelquefois la mienne, et s'amusait même à jouer avec moi aux quilles. Il excellait à ce jeu, et je l'ai vu souvent abattre toutes les neuf quilles d'un seul coup de boule. — Il faut avouer, disait-il à ce sujet, que j'ai deux grands talents, aussi utiles l'un que l'autre à la société et à un Etat : l'un de bien jouer aux quilles et l'autre de bien faire des vers. » On prête la même pensée à Malherbe. Un poëte de son temps se plaignait qu'il n'y avait de récompenses que pour ceux qui servaient dans les armées et dans les affaires, et qu'on oubliait les poëtes. Malherbe dit que c'était fort bien fait; qu'il y avait de la sottise à faire un métier de la poésie; qu'on n'en devait point espérer d'autres récompenses que son plaisir; qu'enfin, un bon poëte n'était pas plus utile à l'Etat qu'un bon joueur de quilles. Si Malherbe et Boileau

ont parlé sérieusement, et il est difficile de le croire, on peut assurer que bien peu de poëtes seront, en cela, de leur avis.

Dans une *Vie de Turenne* publiée en 1808, on trouve l'anecdote suivante. Turenne se promenait quelquefois seul sur le rempart, sans domestique et sans aucune marque de distinction. Un jour, des artisans, qui jouaient à la boule et qui ne le connaissaient pas, l'appelèrent pour juger un coup. Il prit sa canne, et, après avoir mesuré, il prononça. Celui qu'il avait condamné lui dit des injures. Le vicomte sourit, et, comme il allait mesurer une seconde fois, plusieurs officiers qui le cherchaient vinrent l'aborder. L'artisan confus se jeta à ses pieds pour lui demander pardon : « Mon ami, lui dit Turenne, vous aviez tort de croire que je voulusse vous tromper. »

Le jeu de boules possède, aux Champs-Elysées, et aux barrières divers emplacements destinés à son usage. Les joueurs dirigent leurs boules vers une autre boule jetée à une certaine distance; l'adresse consiste à profiter des accidents de terrain pour se rapprocher le plus possible de celle qui marque le but. Cet amusement, essentiellement pacifique, est le partage de quelques bourgeois auxquels leur âge interdit des plaisirs plus bruyants. Aussi l'a-t-on surnommé le *jeu des sages*. C'est de l'espèce du jeu et de la verdure du sol qu'est venu le mot *boule vert*, qui, par une légère modification, s'est changé en *boulevart*.

BOULES DE NEIGE. Tout sert d'amusement à l'enfance. Lorsque la terre est couverte de neige, des enfants en prennent entre leurs mains, la durcissent et en font de petites boules qu'ils se lancent les uns aux autres, après s'être divisés en deux camps; si cette petite guerre n'est point homicide, elle n'est pas du moins sans danger; aussi ne saurions-nous trop recommander de ne mettre dans la neige ni pierres ni cailloux, ni enfin d'autres corps durs capables de blesser. Ces boules servent quelquefois à attaquer d'autres camarades qui se sont renfermés dans un château qu'ils ont construit avec de la neige, et qui repoussent les assaillants avec des armes semblables.

François de Bourbon, duc d'Enghien, fut tué à un pareil jeu, en 1545. Le château était de neige; mais les assiégés ne se défendirent pas uniquement avec des boules de neige.

D'autres fois, des enfants forment, dans la campagne, une grosse boule de neige. Elle s'augmente, comme dit le proverbe, en la roulant, et, lorsqu'elle est devenue d'une grosseur énorme, on la précipite avec fracas dans un fossé ou dans quelque ruisseau, dont elle arrête souvent le cours.

Le plus agréable usage que l'on puisse faire des boules de neige est de les faire rouler au soleil sur une glissoire, et de jouter à qui fera rouler sa boule plus longtemps. Au bout de quelques instants, le mouvement et le soleil dissolvent la neige, et la boule, en se liquéfiant peu à peu, finit par rester en chemin. C'est ce malheur qu'il s'agit d'éloigner le plus qu'on peut, car il provoque l'hilarité de tous les joueurs et de tous les spectateurs.

On peut aussi, au lieu de boules, faire des hommes de neige. Voici comment on s'y prend. On plante en terre un gros bâton, un manche à balai; on y attache, en croix, un autre bâton moins long, qui sert de bras; puis on revêt de neige cette espèce de squelette; une grosse boule fait la tête, de la neige bien plaquée forme le corps: puis on s'amuse à renverser ce colosse à coups de boules de neige, qui, bien souvent, au lieu de le renverser, ne servent qu'à le grossir davantage.

À propos des combats à boules de neige, nous ne pouvons omettre ici l'anecdote si connue de Napoléon à l'École militaire de Paris, d'autres disent à l'École de Brienne. Pendant le rigoureux hiver de 1784, la neige était tombée en si grande abondance, que les jardins et les cours de l'école en étaient tout couverts. Le jeune Napoléon, qui ne rêvait qu'au moyen d'appliquer les théories de l'art à la pratique de la fortification et de la défense, trouva là une magnifique occasion de satisfaire son goût pour les évolutions militaires. L'amoncellement de la neige privait les élèves de leur récréation ordinaire; il imagina de leur en donner une de sa façon, en faisant simuler un siège, où ils ouvrirent la tranchée dans la neige et construisirent, avec la même matière, des forts, des retranchements, des bastions, des redoutes, des boulets et des bombes. Cet amusement dura quinze jours, c'est-à-dire autant que la gelée, et Napoléon avait ordonné, dirigé et conduit lui-même tous les travaux. D'ingénieur devenu général, il prescrivit l'ordre d'attaque et le système de défense, régla les mouvements des deux partis, et, se plaçant tantôt à la tête des assiégeants, tantôt à la tête des assiégés, il excita l'admiration des élèves et des spectateurs étrangers accourus à l'école pour jouir de ce spectacle. Il étonna tout le monde par la fécondité de ses ressources et la précision de son commandement. De ce jour il devint une espèce de héros pour les maîtres comme pour les élèves.

BRIMADE (La). Nous avons parlé de l'*absorption*, qui a lieu à l'École polytechnique; il nous faut bien aussi dire un mot de la *brimade*, usage singulier et barbare qui, depuis longues années, s'est transmis à l'école de Saint-Cyr d'une promotion à l'autre. L'absorption de l'École polytechnique, les épreuves franc-maçonniques, la bienvenue que les recrues des régiments payent à leur arrivée au corps, ont quelque ressemblance avec la brimade de Saint-Cyr; mais toutes ces vexations ne sont que des roses en comparaison. On va en juger par ce court aperçu. À peine la nouvelle de votre arrivée à l'école s'est-elle répandue, qu'on vous attend avec impatience. Aussitôt votre apparition, une vedette vous signale en criant: *Un recrue!* Ce mot, ingrammatical peut-être, produit un effet magique. À l'instant même, le cercle des promeneurs est rompu; soixante anciens se précipitent sur vous. La terrible brimade commence, il faut boire le calice jusqu'à la lie. « Votre nom, monsieur, votre nom! » vociférent, en vous bousculant et d'un air de furie, vingt anciens à moustaches, dont le chef est orné d'un bonnet de police cassé, crasseux, culotté comme une vieille pipe, et posé d'une façon tant soit peu oblique, qui masque tout le sourcil et une partie de l'œil droit. — « Votre nom, volaille! votre nom, vilain recrue! » vous crient-ils en vous mettant le poing sur la gorge. «Votre nom, monsieur!... » Cent fois, deux cents fois, jusqu'au commandement du *roulement*. « Allons, monsieur, tâchez de vous dépêcher,

l'*officier* s'impatiente. » Et le pauvre recrue, dans son effroi, répète son nom avec volubilité, jusqu'à ce que sa langue desséchée ne puisse plus articuler de son. « Oh! quel nom! monsieur. Vous auriez bien fait de le laisser au magasin et d'en prendre un autre! À l'envers, maintenant; peut-être sera-t-il moins laid! » Et le recrue de se soumettre aux ordres et aux menaces. Non content de cela, l'ancien le fait répéter encore, en commençant par le milieu, puis en le faisant entremêler de quelque grossière épithète, telle que *dindon, melon*, et autres analogues. Si le malheureux hésite ou refuse, l'exaspération des *brimeurs* va *crescendo*, et, si l'instructeur n'a pas d'énergie, le recrue est traité d'une manière brutale; sinon, ils se bornent à des sottises. « Ah! monsieur fait l'amateur! on vous cotera, monsieur! on vous cotera! » Et le recrue de courber sa tête devant la force, et de répéter son nom au milieu des huées générales. Les premiers, fatigués, laissent la place à d'autres. « Qu'êtes-vous venu faire ici au bahut spécial? » Et le recrue, dans son ingénuité, de répondre: « Je suis venu dans l'espoir d'être officier. » À ce mot, la fureur des anciens est à son comble; eux seuls se réservent ce titre. « Officier! vous, monsieur! jamais! vous ne serez que caporal-tambour au bout de trente ans de service, avec notre protection, encore! » Bref, pendant une grande heure, la *brimade* continue avec cette violence et sur ce ton, qui, comme on le voit, s'éloigne tant soit peu de celui de la bonne société. Nous faisons grâce de tout le reste à nos lecteurs. Étourdi par toutes ces brusques apostrophes, terrifié par ces figures rébarbatives des *féroces* anciens, dont chaque tête vous produit l'effet de celle de Méduse, le temps de la récréation semble un siècle. Enfin un roulement de tambour fait rentrer dans l'ordre ces taureaux furieux. Il était temps; quelques instants de plus, vous tombiez suffoqué par les larmes et la colère.

Le tambour bat, vous quittez à regret cette salle, qui, pendant deux ans, sera votre seul plaisir, votre unique consolation. De l'étude on passe au réfectoire..... Là, la brimade recommence, mais d'une manière plus paisible. C'est, du reste, un supplice d'une autre sorte; cuiller et fourchette, tout vous est enlevé; il vous faut manger les haricots un à un avec l'épinglette, et à travers le rond de la serviette; puis tourner la salade les coudes au corps, faire hommage de votre viande à l'ancien pour son *cornard*, boire du vinaigre au lieu de vin, puis faire la nomenclature du quinquet suspendu au milieu de la table, etc., etc..... Quand la retraite sonne, on monte en silence au dortoir; chacun se couche, le bruit s'apaise par degrés. Avec quel bonheur on s'enfonce dans les draps... Les larmes comprimées jaillissent avec abondance et soulagent le cœur. *Adieu, mon beau passé! adieu, ma douce vie de famille!... ad...* Pan! un sac d'une quinzaine de livres, poussé par une *canaille* d'ancien qui couche de l'autre côté de la cloison, vous arrache à vos rêveries et vous rappelle que vous êtes en enfer, au milieu des diables. La nuit prochaine, ce sera une vexation d'un autre genre, comme de l'eau froide jetée dans les draps, ou bien le supplice de l'*omelette*. Voici en quoi il consiste. Au milieu de votre sommeil, quatre vigoureux gaillards saisissent votre lit et le retournent comme une omelette. On se réveille alors en sursaut, la face contre terre, portant sa couchette sur son dos comme la tortue sa carapace. Il est rare qu'on s'en retire sans avoir un œil poché et la figure abîmée. Quelquefois, dans les dortoirs, les anciens ordonnent des promenades nocturnes, dont la tenue ne manque pas d'une certaine originalité. Presque toujours elles s'exécutent dans un état de nudité aussi complet que celle du ver. Le fusil, le sac et la giberne sont l'équipement de rigueur. Dans la cour de Wagram, au milieu d'un petit quinconce de tilleuls, deux *galettes* sont clouées depuis une éternité au tronc d'un arbre. Il faut, avant d'être affranchi, rendre hommage à ce symbole. Tous les recrues défilent devant elles au pas cadencé, les saluent avec respect, et sautent ensuite une barrière formée par des chaînes d'épinglettes provenant des vols faits au malheureux. Il y en a qui ont quelquefois une centaine de mètres. Cette cérémonie est pour eux celle du baptême, ils sont régénérés. Les recrues obliquent et commencent à *bahuter*. La fusion s'opère insensiblement, et la promotion de la *co-mète* fraternise avec celle de *Constantine* ou de *Maza-gran*. Ainsi finit la *brimade*, dont la peinture que nous venons de faire est bien au-dessous de la réalité (1). Il parait que, depuis quelques années, la brimade a été suspendue. Malgré tous leurs efforts, les anciens n'ont pas encore pu parvenir à régénérer le système.

BULLES DE SAVON. On appelle *bulles*, en physique, de petits globules remplis d'air, qui se forment sur l'eau par l'action réunie et combattue de ces deux éléments. Les enfants, au nombre de leurs jeux les plus constants, comptent le plaisir de faire, au moyen d'un chalumeau de paille introduit dans une eau rendue légèrement savonneuse, de petits ballons nommés *bulles de savon*, qu'ils confient à l'un des deux éléments qui les ont formées, et dont le choc les détruit bientôt en leur faisant restituer ce qu'elles lui ont emprunté. Emblèmes de la vie humaine, ces bulles, si brillantes et si fragiles, sont l'image fidèle de nos espérances. Si l'on sait ménager la force du vent, la bulle parvient à une grosseur extraordinaire, qu'il ne faut point chercher à augmenter, car le léger tissu de la bulle se romprait aussitôt. Pour la détacher, on secoue légèrement le chalumeau : la bulle s'échappe alors, se balance mollement dans les airs et brille au soleil de toutes les couleurs de l'arc-en-ciel. Une fois détachée du chalumeau, on s'efforce, avec l'haleine ou en agitant un mouchoir, un éventail, un chapeau, de la faire monter plus haut encore, et, tandis que les enfants charmés s'écrient : Qu'elle est belle! la bulle disparait en crevant. On peut jouer seul à ce jeu ; mais, pour le rendre plus amusant, on se rassemble plusieurs et l'on dispute à qui formera la plus grosse, la plus belle bulle, et à qui la fera durer plus longtemps.

Un homme, d'un certain âge et d'un extérieur grave, était fortement occupé à souffler des bulles de savon, et à en examiner attentivement les couleurs vives et brillantes. Un jeune homme, passant auprès de lui, fit un éclat de rire, en le voyant livré à une occupation qui lui semblait puérile et ridicule. « Jeune homme, lui dit une personne qui passait au même instant, ne soyez étonné que de votre ignorance. Celui dont vous vous moquez est le plus grand philosophe de ce siècle ; c'est l'illustre Newton qui s'occupe, en faisant ce que vous voyez, d'expériences non moins curieuses qu'utiles sur la nature de la lumière et des couleurs. »

CACHETTE. Ce jeu s'appelle aussi *cache-cache Nicolas* ou *mitoulas*. Les Italiens disent : jouer au *cache-lierre*. L'un des joueurs se cache, et les autres le cherchent, et quelquefois même s'en vont. Souvent le joueur a les yeux bandés et cherche les autres, qui lui font quelquefois aussi le tour de s'en aller. Témoins ces bons compagnons qui, après s'être bien fait régaler dans une auberge, font semblant de jouer à cache-cache Nicolas, et de convenir que celui d'entre eux qui sera attrapé par le garçon de l'auberge, à qui on bandera les yeux, payera pour ses camarades. Le garçon est assez simple pour les croire, se laisse bander les yeux et court après. Ne trouvant personne dans la chambre, parce que les joueurs avaient disparu, il en sort, et, rencontrant l'aubergiste, qui s'était impatienté et qui montait l'escalier, il le saisit au collet, en lui disant : « Je vous tiens, c'est vous qui payerez l'écot. » Ce qui, malheureusement, ne fut que trop vrai.

CARTES. Les enfants ne peuvent guère se plaindre de ce qu'on leur interdit les jeux de cartes proprement dits, tels que l'impériale, le boston, le reversis et autres. Les cartes ne leur offrent-elles pas assez de distractions sans tous ces vilains jeux de combinaison qui leur casseraient la tête autant et plus peut-être que leurs leçons? Avec des cartes, en effet, les enfants peuvent faire des châteaux, des camps, des villages, des capucins, des fauteuils, des tables, des assiettes, des corbeilles, des seaux, des paniers à salade, des chaises, des arbres, des fleurs, des caisses, des vases de jardin, des personnages, des animaux de toute espèce, des pantins, des polichinelles, des filles de charité, des boites, que sais-je? on peut tout faire avec des cartes en les découpant avec plus ou moins d'habileté, et n'y a-t-il pas dans ces diverses occupations une foule intarissable de plaisirs toujours nouveaux ?

Quelque temps après l'ajournement de la chambre des communes, en 1785, milord Mulgrave étant allé rendre visite à Pitt, on l'introduisit sans formalité. Ce seigneur trouva le jeune ministre qui se divertissait dans l'antichambre à faire des châteaux de cartes avec milord Mahon. Lord Mulgrave, surpris, leur dit d'un ton ironique : « Messieurs, je me flatte que je ne vous dérange pas dans vos plaisirs. — Non, du tout, répondit Pitt, affectant un air de dignité; vous voyez un grand homme qui, dans ses heures de loisir, a ses fantaisies comme tant d'autres. Aristophane a représenté Socrate et Chœrephon mesurant le saut d'une puce de la barbe de l'un à la barbe de l'autre, et vous pouvez rapporter à l'univers que vous avez vu le chancelier de l'échiquier et son noble parent, lord Mahon, bâtissant des châteaux de cartes. »

CERCEAU. Le cerceau a subi bien des modifications. D'abord ce n'était qu'un simple cercle de bois enlevé à un vieux tonneau ; bientôt ce fut un cercle de bois préparé, peint de diverses couleurs ; ce cerceau fut ensuite garni de petites clochettes auxquelles le mouvement de rotation fait produire un véritable carillon. Plus tard, de légères baguettes traversèrent diagonalement le cerceau, en se croisant les unes sur les autres. Enfin, les cerceaux finirent par être composés de trois ou quatre rangs de cercles cloués ou collés les uns aux autres. Ces derniers sont infiniment préférables par leur solidité; on peut leur faire parcourir une grande distance sans qu'ils éprouvent la plus légère déviation.

Le jeu du cerceau ne peut s'exécuter que dans un emplacement vaste et bien uni. On fait tourner le cerceau comme une roue, en l'entretenant toujours dans le même mouvement; on se sert pour cela d'un petit bâton avec lequel on pousse le cerceau, pour accélérer sa marche et pour la diriger.

Il y a différentes manières de jouer à ce jeu. Chaque enfant conduit son cerceau en le poussant devant lui et en le faisant tourner, comme nous l'avons dit, à coups de bâton. Tous se rangent à la suite les uns des autres. Si un des joueurs laisse tomber son cerceau, on s'écarte de la file, il perd sa place, et va se mettre au dernier rang. On peut même convenir qu'il ne jouera plus le reste de la partie. Le conducteur ou chef, qui est ordinairement le plus habile, fait faire exprès mille tours et détours à son cerceau, afin de dérouter ses camarades et de les mettre dans l'impossibilité de le suivre.

(1) Voyez, pour plus de détails, *les Français peints par eux-mêmes*, d'où ce passage est extrait.

Quand la troupe joyeuse ne possède qu'un seul cerceau, c'est ordinairement au *coup faillant* que l'on joue, c'est-à-dire que le possesseur du cerceau le fait courir jusqu'à ce que, par maladresse, il le laisse tomber ; un des joueurs lui succède et ainsi de suite.

On y joue quelquefois autrement. Tous les joueurs se placent sur une même ligne, et se tiennent prêts à partir. On donne le signal. Chacun lance et conduit son cerceau dans la carrière, et on se dispute à qui arrivera le premier à un but désigné.

Mais le plus joli de tous ces exercices c'est, à coup sûr, la *petite guerre des cerceaux*. Un certain nombre d'enfants se partagent en deux groupes. Chacun est armé d'un cerceau et du court bâton destiné à le faire mouvoir. Les deux groupes se placent vis-à-vis l'un de l'autre, et chacun d'eux laisse, entre chaque joueur, un espace assez grand pour qu'une personne puisse aisément y passer. Une fois ces dispositions prises, chaque joueur fait partir son

cerceau, et tâche de le pousser dans l'espace laissé entre deux joueurs, sans heurter le cerceau l'un de l'autre. Si tous les joueurs sont d'égale force, et que leurs cerceaux se croisent bien tous ensemble, on ne peut imaginer de plus joli coup d'œil. Quand tous les cerceaux et leurs conducteurs ont ainsi changé de place, les derniers font volte-face, et recommencent à se croiser.

Le cerceau sert quelquefois aux enfants à faire une petite expérience de physique. Ils lancent en l'air, à plusieurs pieds de distance, un cerceau auquel ils ont imprimé un mouvement de rotation en sens inverse, et, pour ainsi dire, rétrograde. Le cerceau part en suivant, dans l'air, l'impulsion directe qu'il a reçue ; et, lorsqu'il est tombé, il revient, pour obéir au mouvement de rotation, vers celui qui l'a lancé, ce qui étonne beaucoup notre petit physicien, qui ignore sans doute qu'on pourrait faire la même chose avec une boule.

Les Grecs et les Romains connaissaient déjà le jeu du cerceau. Mais leur cerceau était bien plus grand que celui dont nous nous servons communément. On l'entourait, comme on le fait encore, de petits anneaux ou de morceaux de fer-blanc, qui faisaient beaucoup de bruit en se heurtant. Il est très-probable que leur cerceau était de fer, à en juger par le bâton avec lequel on le dirigeait, qui était du même métal.

Ce jeu est non-seulement un amusement pour les enfants, mais un exercice qui contribue à leur donner de l'agilité et de la dextérité, tout en captivant leur attention.

CERF-VOLANT. Les jeux qui amusent la jeunesse ne sont pas toujours des *jeux d'enfants* pour tout le monde ; ils ont conduit quelquefois à des expériences et à des découvertes heureuses, et renferment le plus souvent des leçons importantes.

Quand l'enfant, par exemple, a rassemblé et courbé en demi-cercle quelques brins d'osier, qu'il a collé dessus du papier, qu'il y a adapté une longue queue, également de papier, et qu'à la faveur d'une ficelle et d'un vent propice, le tout s'élève dans l'air, au bruit de l'acclamation générale, cet enfant-là est bien loin de se douter de ce qu'il entre de calcul et de raisonnement dans son *cerf-volant* ; et que ce simple jouet d'enfant est devenu, entre les mains des physiciens modernes, l'un des plus importants instruments de l'électricité.

> Le cerf-volant, objet de surprise et de joie
> Pour les marmots qui, le suivant des yeux,
> Croyaient monter avec lui dans les cieux.
>
> (DELILLE.)

On vend des cerfs-volants tout faits, et qui ne donnent que la peine de les lancer. On se rend dans une vaste prairie, un jour que le vent est favorable. Un enfant soutient le cerf-volant un peu penché. Celui qui tient la pelote de ficelle se met à quelque distance. On lâche le cerf-volant, et celui qui veut l'enlever court de toutes ses forces, en lâchant peu à peu la ficelle qui doit être plus ou moins grosse, suivant la grandeur du cerf-volant. Cependant le cerf-volant s'élève. Celui qui tient la pelote s'arrête, et lâche toujours de la corde. Il donne de temps en temps quelques secousses pour agiter l'air. Le cerf-volant s'élève quelquefois si haut, qu'il s'enfonce dans la nue, et qu'on le retire mouillé. Il peut arriver que deux cerfs-volants lancés du même côté s'entrelacent l'un dans l'autre. Alors il surgit une dispute entre les deux bandes d'enfants à qui appartiennent les cerfs-volants. Chacun retire promptement le sien, et fait tous ses efforts pour entraîner en même temps l'autre cerf-volant.

En enlevant un cerf-volant, il faut avoir bien soin d'observer les moindres variations du vent, lâcher la corde lorsqu'il est fort, et la tendre fortement lorsqu'il devient faible. Si la corde cesse d'être tendue, le cerf-volant descend la tête la première, et se déchire ou se brise dans sa chute.

Quand l'ascension du cerf-volant a réussi, et qu'il se trouve à une certaine élévation, les enfants s'amusent quelquefois à enfiler dans la corde des rondelles de cartes, lesquelles, poussées par le vent, montent en tournoyant jusqu'au cerf-volant lui-même. Ces rondelles, qui vont et viennent sans cesse, parce qu'elles retournent en arrière lorsque le vent est trop faible, se nomment *postillons* ou *courriers*.

Il y a des cerfs-volants de très-petite dimension, et qui ne servent qu'aux petits enfants, qui, le plus souvent même, n'enlèvent que des *barbottes*, ou, comme on les appelle dans certains pays, des *marmottes*. Ces sortes de cerfs-volants se font à très-peu de frais, et, s'ils se déchirent, la perte n'est pas grande, et elle est bientôt réparée.

Le cerf-volant est en usage presque partout, mais principalement en Asie. On en enlève à la Chine, etc. Dans le royaume de Siam, ce jeu est devenu très-important, et c'est presque une affaire d'État. Chaque mandarin a son cerf-volant, et le roi même en a un qu'on enlève tous les soirs, et qui reste en l'air toute la nuit. La corde est de soie, et des mandarins de la première classe se relayent tour à tour pour tenir le cerf-volant royal, qui est orné avec une magnificence en rapport avec l'intérêt qu'on prend à ce jeu. Il est probable que les Siamois y attachent des idées superstitieuses, et qu'ils tirent des mouvements du cerf-volant des conséquences ou pronostics pour l'avenir.

Quelques physiciens modernes ont placé un fer à la baguette du cerf-volant. Ils ont électrisé dans un nuage qui renfermait la matière du tonnerre, et ont déchargé cette électricité par un fil de fer entortillé autour de la ficelle ; expérience très-dangereuse et qu'on n'a pas été tenté de renouveler souvent.

D'autres physiciens moins hardis se sont contentés de

passer de grands fleuves d'Amérique en se jetant dans l'eau, et en tenant la ficelle d'un très-grand cerf-volant, que le vent entraînait rapidement du côté de la rive opposée.

Le célèbre Franklin avait l'habitude de lancer un cerf-volant toutes les fois qu'il voulait se baigner ; et alors, se couchant sur le dos, il se laissait entraîner par la force de ce véhicule aérien.

Le maître d'un collége de Bristol a réussi à voyager sur les routes publiques avec une vitesse étonnante, dans une voiture traînée par des cerfs-volants, de la manière la plus sûre, malgré les variations du vent et les sinuosités des routes.

CHASSES (Les petites). Notre intention n'est pas de tracer ici le tableau de toutes les petites chasses que font ordinairement les enfants. Nous ne parlerons que de la chasse des grillons et de celle des papillons. Ce sont là les plus agréables délassements de l'enfance, pourvu qu'elle n'y mette aucune méchanceté. Un exercice salutaire, le goût de l'histoire naturelle et de la campagne, par conséquent la gaieté sans turbulence, l'amour de l'étude, l'oubli des plaisirs de la vanité, tels sont les avantages de ces jolis jeux, avantages dont l'influence se fait sentir dans un âge plus avancé.

De tous ces jeux, il n'en est pas de plus naturel et de plus gracieux que la chasse aux papillons. Par un beau

jour d'été, une troupe nombreuse d'enfants se répand dans un parterre ou dans une prairie, où mille papillons aux ailes nuancées d'or, d'argent, et de toutes sortes de couleurs, voltigent sur les fleurs avec lesquelles on serait tenté de les confondre eux-mêmes. Les enfants attendent que les papillons se soient posés sur quelque fleur. Alors les uns s'avancent tout doucement sur l'extrémité des pieds, et essayent de les prendre par les ailes avec deux doigts. Si le papillon s'envole, on essaye de l'abattre avec son chapeau ou son mouchoir. D'autres enfants sont armés de filets ou de petits réseaux de soie ou de gaze, et il leur est plus aisé de prendre des papillons, soit qu'ils volent, soit qu'ils s'arrêtent. Lorsqu'un papillon est pris, l'enfant le met dans une boîte ou dans sa main qu'il ferme, en évitant de faire du mal à son petit prisonnier. Mais celui-ci profite quelquefois ou de la facilité ou de la négligence de son vainqueur, et, à la faveur d'une ouverture un peu trop grande laissée entre deux doigts, il s'échappe promptement et vole dans les airs, malgré les cris et les menaces de l'enfant qui le suit en vain des yeux.

Il ne faut pas oublier que le papillon est doué d'une excellente vue, et qu'il ne faut jamais s'approcher de lui que par derrière. Si le chasseur manque sa proie, il se gardera bien de courir après, car ce serait le moyen de le faire fuir plus vite. Quand une fois le papillon est attrapé, si on le prend par les ailes, on en voit bientôt disparaître les brillantes couleurs ; il faut saisir l'instant favorable et lui enfoncer une petite épingle dans le dos pour le tenir. Puis on l'attache après son chapeau, ou on le dépose dans une boîte pour former de jolies collections.

La chasse aux grillons se fait d'une tout autre manière. Pour prendre des grillons ou cris-cris, les enfants enfoncent une petite paille dans le trou de l'insecte. Comme le trou est ordinairement en ligne droite et peu profond, la paille atteint bientôt le grillon, qui, se voyant harcelé, prend le parti de sortir de sa retraite. Pour éviter un mal il tombe dans un pire, et devient bientôt la proie de son petit ennemi, qui, à la vérité, ne le fait point mourir, mais qui abrége souvent ses jours, malgré tous les efforts qu'il fait pour le nourrir dans une boîte où il met de la terre et quelques herbes. Quoi qu'il en soit, les grillons ne doivent pas se plaindre : les hannetons ont encore plus à souffrir entre les mains des enfants.

CHAT ET LE RAT (Le). Ce jeu est le jeu favori des écoliers en promenade. On choisit deux acteurs ; les autres enfants restent simples spectateurs, en attendant que leur tour arrive. On fixe en terre un bâton ou piquet à peu près semblable à ceux dont font usage les jardiniers pour étendre leur cordeau ; on partage ensuite une longue corde en deux, et on l'attache par le milieu après le bâton ; les deux joueurs en prennent chacun un bout, après s'être bandé les yeux. Celui qu'on appelle le *chat* est armé d'un tampon ; l'autre, qui se nomme le *rat*, tient une latte ou morceau de bois plat, dentelé en scie, d'où il tire un son aigre et discordant, en passant une baguette dessus. Le chat poursuit le rat sans relâche, et lui applique force coups de tampon jusqu'à ce qu'il se soit mis hors de sa portée : le pauvre rat n'a pas le droit de se défendre, et, de plus, il est obligé d'indiquer l'endroit où il se trouve quand son adversaire lui crie : *Du rat ! du rat !* Il racle alors son bizarre instrument en guise de signal, et court du côté opposé à celui où la voix du chat s'est fait entendre ; mais, comme il n'y voit goutte, il lui arrive souvent de se jeter au-devant du matou, qui ne le ménage guère. Quand le temps fixé pour la partie s'est écoulé, ou que le rat demande du répit, on ôte le bandeau aux joueurs, et deux nouveaux figurants les remplacent.

Ce jeu est assez plaisant ; mais il pourrait devenir dangereux, et partant, condamnable, si le tampon dont l'un des joueurs est armé contenait quelque objet qui pût le rendre trop dur, comme des billes, des noyaux, des cailloux, etc., etc. Il faut, en un mot, que les coups que le chat porte ne puissent jamais produire une impression douloureuse.

CHAT ET LA SOURIS (Le). C'est un jeu de jardin, qui ressemble assez à une ronde, mais qu'on exécute sans aucun chant. Cela ne veut pas dire qu'on y garde le silence le plus absolu ; loin de là, les miaulements, les ruses du chat, les transes de la souris, le soin de sa défense, tout cela excite des ris continuels. Mais voyons d'abord comment on joue à ce jeu. Comme dans toutes les rondes ordinaires, les joueurs forment un cercle en se tenant par les mains. Une dame, placée au milieu du rond, est la souris ; un jeune homme, laissé en dehors, est le chat. La ronde tourne rapidement en écartant les bras, de manière que le chat puisse passer par-dessous et pénétrer dans le centre, tandis que la souris s'échappe du côté opposé. Il faut voir le chat sauter tout autour du rond, en miaulant de son mieux, et chercher à se ménager une issue ; mais, s'approche-t-il d'un côté, les bras se resserrent et lui barrent le passage. Sans perdre son temps à le forcer, le chat continue ses excursions et passe à l'endroit où la place est sans défense. Avec un peu d'habileté, il pénètre dans le rond ; mais aussitôt on fraye un passage à la souris que le chat veut en vain poursuivre, car on s'efforce de le retenir en resserrant la chaîne. Néanmoins, comme on est bien forcé de tourner et de sauter, le matou, l'œil au guet, ne tarde pas à découvrir un endroit faible ;

une fois échappé, il court après la souris, qui se réfugie dans le rond, mais, quelle que soit la rapidité de sa fuite, il est rare que le chat n'y entre pas avec elle. Il est plus rare encore qu'il ne parvienne pas à pénétrer dans le centre, tandis qu'elle y est, et qu'il ne la croque, c'est-à-dire qu'il ne lui prenne un baiser ou ne la force à donner quelque gage. Dans ce cas, le chat et la souris vont reprendre leur place dans le cercle; on leur choisit des successeurs, et le jeu se continue ainsi jusqu'à ce que tous les messieurs aient fait le rôle de Rominagrobis, et que les dames aient été élevées à la dignité souricière. Rien de plus amusant que ce jeu et de plus propre à donner de l'exercice.

CHÂTEAU DU CORBEAU (Le). Qu'est-ce que le château du corbeau? C'est tout simplement une enceinte que l'on trace contre la muraille, dans une cour, en couchant des cannes, ou en étendant une ficelle en droite ligne à une certaine distance du mur. Dans un jardin, c'est une partie d'allée, un carré de gazon que l'on désigne et que l'on partage comme nous venons de l'indiquer. Le sort désigne celui des joueurs qui sera le noir propriétaire du château, et tous les autres deviennent ses ennemis. À peine le châtelain a-t-il pris possession de son domaine, qu'il lui faut le défendre de pied ferme contre les attaques incessantes de ses ennemis qui y entrent, les uns à droite, les autres à gauche, en disant : *Je suis dans ton château, corbeau, et j'y serai toujours.* Le corbeau, furieux, poursuit ces hardis envahisseurs de tous côtés, et, dès qu'il parvient à en prendre un, il lui cède son castel et sa dignité. Ce nouveau corbeau en fait absolument autant que son prédécesseur, et rien ne fait plus rire que la peine que prend le pauvre châtelain pour mettre la main sur un de ses ennemis, qui souvent ne risquent que deux pas dans son domaine, et se retirent aussitôt sans craindre sa poursuite qui ne peut dépasser les limites du château.

Il paraît qu'anciennement la formule employée lors de l'entrée dans le château était différente, car on lit dans un traité sur les jeux, imprimé en 1587, les vers suivants :

> Ces enfants-ci jouent de cœur humain,
> Au jeu : je suis sur la terre, villain,
> Où le premier lequel est pris demeure.

CHEVAL FONDU. C'est un jeu bien connu des enfants, des jeunes gens et même des hommes, qui ne dédaignent pas souvent d'y jouer. Il contribue principalement à rendre le corps souple et demande du courage quand les sauts sont au delà de cinq pieds.

Plusieurs enfants réunis pour jouer au cheval fondu se divisent en deux troupes, composées, l'une de chevaux et l'autre de cavaliers ou sauteurs. Ceux que le sort a désignés pour être les premiers chevaux se rangent de file l'un au bout de l'autre; le premier a les mains appuyées sur une table, un banc, une fenêtre de rez-de-chaussée, ou tout autre appui solide; le second lui serre les reins avec ses bras, et ainsi de suite; les enfants, ainsi baissés, forment une suite d'arcades avec leurs dos. Le premier cavalier prend son élan à quelque distance, appui les mains sur le dos du dernier cheval, et saute le plus loin que ses forces le lui permettent; le second sauteur se place immédiatement derrière lui; et ainsi de suite. Plus ce jeu s'exécute rapidement, plus il procure de plaisir. Lorsque les derniers sauteurs n'ont pas assez de place, il faut qu'ils sautent par-dessus la tête des sauteurs précédents. Mais ce tour de force est dangereux, et il est plus prudent de faire descendre les premiers cavaliers afin que les autres prennent place.

La seule précaution qu'il y ait à prendre à ce jeu, c'est de ne pas permettre que les petits enfants s'exercent avec les grands; pour ceux-ci, c'est sans utilité, et pour les autres, l'effort pourrait devenir trop grand.

Dans le Languedoc, ce jeu se nomme *cabalet de saint Jordi*. Rabelais l'appelle, selon l'usage de son temps, *jouer au cheval fondu*. Il faut savoir que *fondu* est un terme de marine qui signifie coulé à fond, enfoncé, abais-sé. En effet, le dernier sauteur arrivé frappe trois fois dans ses mains pour signaler l'adresse de son parti; dans ce cas, les cavaliers continuent de sauter sur leurs chevaux; il en est de même si les chevaux *fondent*, c'est-à-dire si ceux qui sont courbés succombent sous le poids des cavaliers. Mais si, au contraire, le jeu manque par la faute des sauteurs qui se laissent tomber de côté, ou ne prennent pas position, ou ne peuvent se soutenir réciproquement, ils forment à leur tour la cavalerie.

Les Grecs avaient un jeu à peu près semblable. On attachait à un enfant les mains derrière le dos. Un de ses camarades plaçait ses genoux dans les mains ouvertes du premier, qui le portait ainsi comme à cheval. Le cavalier fermait avec ses mains les yeux de celui qui le portait, et dont il dirigeait la marche. Ce jeu, que les enfants d'Athènes nommaient *ancotylé*, s'appelait ailleurs *ephedrismus*, et quelquefois *hippas*.

CLIGNE-MUSETTE. C'est un jeu d'enfant, il est vrai, mais qu'il est amusant, et combien de grandes personnes en font encore leurs délices, il est plus agréable dans un jardin, dans un parc que partout ailleurs. Là on choisit une enceinte bien garnie d'arbres, d'arbustes, de bosquets, de statues, enfin de toutes choses propres à cacher les joueurs. Un gros arbre, placé à quelque distance et sur un terrain dégagé, pour que l'on puisse commodément courir, sera le *chalet*, c'est-à-dire l'endroit où les joueurs seront à l'abri des poursuites de celui qui *l'est*, ou, pour mieux dire, de celui qui fait le rôle de *cligne-musette*. Ce dernier est ordinairement désigné par le sort, et dès qu'il est élu il s'appuie contre le chalet, son domaine, en fermant, en *clignant* les yeux, et chacun court se cacher. Quand cligne-musette suppose que tout le monde est caché, il redevient clairvoyant, et se met à fureter à droite et à gauche pour trouver le gîte des joueurs. Tandis qu'il est occupé à faire sa ronde, quelques-uns des petits espiègles quittent leur retraite, et courent comme un trait vers le chalet. Aussitôt cligne-musette de s'élancer sur leurs traces; mais, avant qu'il ait pu les atteindre, ils se sont mis à l'abri de ses poursuites en touchant le chalet, qu'ils nomment à haute voix; mais voilà bien une autre affaire! Pendant qu'il poursuit en vain ceux-ci, les autres, sortant d'un côté opposé, se dirigent aussi en courant vers le lieu d'asile, en sorte que notre pauvre cligne-musette en est pour ses frais de jambes, et voit tous les joueurs se jouer de lui. Cependant il n'est pas toujours aussi malheureux. Souvent il dépiste un joueur qui s'empresse de fuir; mais il a prévu le cas, et à peine celui-ci a-t-il fait quelques pas qu'il l'arrête au passage. Lorsque tous les joueurs sortent à la fois, cligne-musette se garde bien de courir de côté et d'autre; en personnage prudent, il se dirige vers le chalet, où tout doit aboutir, et là il prend les joueurs comme au trébuchet. S'il lui arrive de n'attraper personne, tout le monde se cache de nouveau, et il est tenu de *l'être* encore; mais, s'il atteint une personne, elle *l'est* à sa place, et s'il en prend plusieurs, c'est à la dernière prise à l'être. Le jeu continue sur ce pied tant que les joueurs ne s'en lassent point.

CLOCHE-PIED (Le). On comprend assez ce que c'est que ce jeu. Il consiste à marcher sur un seul pied. Érasme et Mathurin Cordier l'appellent *empusæ ludus*, le jeu du fantôme. Le Duchat, commentateur de Rabelais, croit que c'est le jeu de la mousque, dont parle celui-ci.

Cependant, à l'occasion du jeu *au pinot*, dont parle aussi Rabelais, et que Guyot lit : *au pivot* ou *au pibot*, le même commentateur croit que ce peut être le *cloche-pied*, le *pied-bot* ou *pied boiteux*, où l'on tourne comme sur un pivot. Richelet dit : à cloche-pied, marcher, sauter avec un pied, courbant et élevant un peu l'autre.

On met à profit cette attitude forcée pour en faire un jeu de deux façons. La première, en se disputant à qui marchera le plus longtemps de cette manière, ou à qui parviendra le premier à un but désigné; alors, c'est la *course à cloche-pied*. La seconde façon consiste à poursuivre à cloche-pied ses camarades qui s'enfuient aussi à cloche-pied, ce qui n'est pas même nécessaire, parce que celui qui les poursuit pourrait encore en attraper quelqu'un, lorsqu'ils s'amusent à le lutiner.

Nos ancêtres disaient : jouer *à couké*, pour dire *à cloche-pied*.

Pollux parle de ce jeu sous le nom d'*ascoliasme*, que nous nommons aussi faire le *pied de grue*.

Eustathe nous apprend qu'aux Dionysies, ou fêtes de Bacchus, on sautait à cloche-pied sur une outre remplie de vin et frottée d'huile. Les sauteurs essayaient de se tenir d'un pied sur ce ballon, ayant l'autre pied en l'air; mais ils glissaient, et leur chute excitait les rires de tous les spectateurs. Ce jeu, qui d'abord était particulier aux paysans de l'Attique, passa chez les Romains; mais on n'y jouait que dans les campagnes.

Les Turcs, pendant leur *Beiram*, et autres fêtes, jouent à un jeu qui a quelque rapport avec l'ascoliasme : il s'agit de se tenir, sans se servir de ses mains, sur une longue poutre inclinée, qui est élevée en l'air et frottée d'huile. C'est ainsi que parmi nous on frotte d'huile ou de savon l'arbre ou espèce de mât qu'on appelle *mât de cocagne*.

CLOPORTES (Les). Jusqu'à présent les enfants n'ont point imaginé de faire servir à leurs jeux les cloportes ou mille-pieds qui peuplent les lieux humides et obscurs, les caves et les celliers, et se tiennent dans les fentes des murailles, dans les joints mal réunis des cloisons, sous les pierres, etc. Ils se contentent de s'amuser à regarder avec quelle promptitude ces insectes se mettent en boule pour présenter une cuirasse sphérique à la main qui vient de les toucher. « Le hasard, dit madame Celnart, m'a fait découvrir le parti que les enfants pourraient en tirer. Il y a quelque temps qu'un cloporte, ayant les dernières pattes embarrassées dans un petit amas de ouate, le traînait dans ma chambre : je m'amusai à le considérer, et il marcha avec son fardeau l'espace de un mètre soixante-deux centimètres à deux mètres (cinq à six pieds environ). Or, en façonnant ce coton en petite voiture, ou en y introduisant du papier qui lui donnerait une forme convenable, ou bien en fabriquant un petite carrosse de carte très-léger, auquel on attellerait plusieurs cloportes, en se servant, en guise de rênes ou liens, de ouate dont le bout serait allongé comme un fil, on aurait de petits équipages assez gentils. » Nos lecteurs en jugeront par eux-mêmes s'ils veulent en faire l'expérience.

COLIN-MAILLARD (Le). Jean Colin-Maillard était un guerrier fameux du pays de Liége, qui devait la seconde partie de son nom au maillet, son arme de prédilection, et dont il se servait avec autant d'adresse que de vigueur dans les combats. Ses exploits lui méritèrent l'honneur d'être fait chevalier par Robert, roi de France, en 999. Dans la dernière bataille qu'il livra à un certain comte de Louvain, il eut les deux yeux crevés; mais, guidé par ses écuyers, il ne cessa, dit-on, de combattre tant que dura l'action. C'est à la mémoire de ce guerrier qu'il faut sans doute rapporter l'invention du jeu de *colin-maillard*, que nos aïeux ont connu et pratiqué, comme on voit, il y a bien des siècles.

Ce jeu est un de ceux qui, dans leur simplicité, excitent le plus d'enjouement. Une personne de la société est choisie pour remplir le rôle de *colin-maillard*. On lui bande les yeux avec un mouchoir ; et, ainsi privée de la vue, elle doit poursuivre, saisir et deviner quelqu'un parmi les joueurs, qui courent çà et là autour d'elle. Lorsque le pauvre colin-maillard ne devine pas, on frappe trois fois des mains pour l'avertir qu'il se trompe. S'il avance vers quelque objet qui puisse le blesser, ou qu'il se fourvoie hors de l'enceinte convenue, on lui crie : *pot au noir!* ou plus souvent : *casse-cou!* Enfin, lorsque, par adresse ou plutôt par hasard, il nomme quelqu'un après l'avoir attrapé, cette personne est obligée de devenir colin-maillard à son tour. Mais à quelles péripéties ne donne pas lieu ce jeu si amusant, et qui a fait les délices de tant de générations !

Nos pères appelaient ce jeu *catiborbo*, et quelquefois *tortanas*. En Languedoc, on dit *catitorbo* ou *capitorbo*; on l'appelle quelquefois le *coquelimas bouché*. En Normandie, on le nomme *capifolet*. Autrefois on disait jouer au *capifol*, et Rabelais dit au *capifou*. Il se sert aussi du mot de *colin-maillard*, et c'est peut-être ce qu'il appelle ailleurs le *colin bridé*. En Italie, on dit : jouer à la chatte aveugle, *alla gatta orba ou cieca*.

Les Persans ont un jeu assez semblable, appelé *ser der kilân*, la tête dans un drap ou dans une serviette. On frappe celui qui est ainsi couvert, en lui disant de deviner qui l'a frappé. S'il le nomme, celui-ci prend sa place. Les Anglais ont le même jeu, et nous croyons que les enfants y ont joué de tout temps, et y jouent encore chez tous les peuples.

Les Grecs n'avaient-ils pas leur *chalci muya*, mouche d'airain? On bandait les yeux à un enfant, qui criait : « J'irai à la chasse d'une mouche d'airain. » On lui répondait : « Vous irez à la chasse de cette mouche; mais vous ne prendrez rien. » Alors on le frappait avec des cordelettes, jusqu'à ce qu'il eût pris quelqu'un. Si on découvrait ses yeux avant d'avoir deviné, on recommençait. Les Italiens disent *alla moscola* ou *mosca cieca*, jouer à la mouche ou à la mouche aveugle. C'est peut-être le *mousco dabit, musca radit*, des Languedociens, qui appellent aussi le colin-maillard *garlambasti*. Les Grecs avaient encore leur *collabismos*. Pollux dit qu'un des joueurs se fermait les yeux avec ses mains. Un autre le frappait et lui demandait qui l'avait frappé. C'est ce que les soldats firent au temps de la Passion. Les Espagnols ont un jeu semblable.

On prétend que Gustave-Adolphe, ce puissant ennemi de la maison d'Autriche, faisait, au plus fort de ses triomphes, son passe-temps habituel du *colin-maillard*. Il y jouait avec les principaux officiers de son armée.

COLIN-MAILLARD EN REPOS. C'est une des nouvelles modifications qu'on a fait subir à l'antique colin-maillard. On y joue ordinairement dans un jardin, sur un carré de gazon. Mais, avant de couvrir les yeux de celui qui est destiné à remplir le rôle de colin-maillard, chacun est tenu de prendre un poste qu'il ne doit pas quitter. Si la société n'était pas nombreuse, ceci pourrait avoir quelque inconvénient, car l'aveugle se ressouviendrait trop facilement des positions. Dès que chacun a pris sa place, on bande les yeux à celui que le sort a désigné; puis une personne de la troupe le prend par la main et lui fait faire quelques pas et cinq ou six pirouettes pour le désorienter. Après cela, on abandonne le colin-maillard à lui-même, et on le laisse libre de tâtonner pour chercher à reconnaître quelqu'un. Les joueurs ont la faculté de se rapetisser, de s'asseoir par terre, de se rapprocher, de s'éloigner un peu, d'imaginer diverses postures qui déguisent leur taille, comme, par exemple, d'arrondir le dos pour faire croire qu'ils sont bossus; cependant il faut toujours qu'un pied ou une main touche à la place qu'on a choisie. Pour faire prendre le change au pauvre aveugle, les joueurs, fort souvent, se revêtent des châles et des chapeaux des joueuses; d'autres fois aussi, suivant des conventions particulières, on peut changer réciproquement de place. Dans ce cas, le malheureux colin-maillard semble être tout à fait sans ressource, et dans l'impossibilité absolue de reconnaître son monde, et, pourtant, c'est peut-être la circonstance qui le favorise le plus, car, dans l'échange mutuel de leur place, les joueurs ne peuvent s'empêcher de chuchoter, de rire entre eux, et il n'en faut pas davantage pour mettre ainsi notre colin-maillard à même de se trouver un successeur.

COLIN-MAILLARD A LA BAGUETTE. Autre espèce de colin-maillard que préféreront peut-être beaucoup de personnes qui pensent que plus les jeux d'action ont de mouvement, plus ils sont gais. Voici comment on joue à ce jeu, qui est un jeu-ronde, puisqu'on y saute et chante en rond. Toutes les personnes de la société se forment en cercle, en se tenant la main. Celui que le sort a désigné pour être le colin-maillard est placé au centre, les yeux bandés, et tenant à la main une baguette ou une canne. Les joueurs sautent et tournent autour de lui en chantant le refrain d'une ronde quelconque, mais courte; après le refrain, le colin-maillard étend sa baguette et la dirige au hasard. La personne qui en est touchée doit la prendre par le bout qu'il lui présente. Le colin-maillard, sentant son arme prise, pousse trois cris que doit répéter sur le même ton la personne qui tient la baguette; cette dernière peut, il est vrai, contrefaire sa voix. Malgré cette précaution, si le colin-maillard la reconnaît et la nomme, cette personne est tenue de prendre sa place; mais, s'il se trompe, elle lâche la baguette, et colin-maillard en est quitte pour recommencer. A la troisième fois, s'il ne réussit point, le jeu continue par une nouvelle ronde.

COLLIERS DE QUINAURODONS (Les). Vous connaissez tous cet arbuste défendu par des épines fortes et recourbées, qui pousse dans les bois, sur le bord des chemins, dans les haies, et couronne de ses fleurs blanches ou d'un rose pâle les buissons au milieu desquels ses branches croissent éparses, et dont les tiges greffées portent les variétés infinies de roses qui ornent nos jardins. Aux fleurs de cet arbuste succèdent des fruits ovales, oblongs, rouges comme du corail dans leur maturité, et qui, à cause de la semence enveloppée d'un poil ferme qu'ils contiennent, ont reçu un bien vilain nom. Eh bien ! ces fruits servent aux petites filles à faire des colliers pour se parer; car, vous le savez, les petites filles sont destinées à être femmes; partout elles aiment la parure, et la parure fait la partie la plus importante de leurs jeux. Voici comment elles font ces sortes de colliers. Elles enfilent une aiguille de gros fil; elles l'entrent par un bout du quinaurodon, et la font sortir par l'autre bout; cela fait, elles passent à un autre, et ainsi de suite, jusqu'à ce qu'il y en ait assez d'enfilés pour former un collier. Quant au mot *quinaurodon*, d'où vient-il? où l'a-t-on pris? c'est ce que nous ne pouvons vous dire, l'Académie ne l'ayant pas admis dans son dictionnaire, ou l'ayant oublié.

CONFESSION (La). Allons, mesdemoiselles, ne faites pas votre jolie petite moue; cette confession n'a rien de bien terrible, ni la pénitence qui en est la suite de bien cruel. Vous allez en juger, si toutefois vous ne connaissez pas mieux que nous cette jolie ronde que dansent chaque jour toutes les petites filles. Aussitôt que la chaîne est formée, toute la bande joyeuse se met à chanter, en tournant, la ronde suivante :

    Air : *Du petit capucin, troin-troi.*

> C'était une bergère,
> Et ron, ron, ron, petit patapon;
> C'était une bergère,
> Qui gardait ses moutons,
>   Ron, ron.

> Elle fit un fromage,
> Et ron, ron, ron, petit patapon;
> Elle fit un fromage
> Du lait de ses moutons,
>   Ron, ron.

> Son chaton la regarde,
> Et ron, ron, ron, petit patapon;
> Son chaton la regarde
> Avec un air glouton,
>   Ron, ron.

> Si tu y mets la patte,
> Et ron, ron, ron, petit patapon;
> Si tu y mets la patte,
> Tu auras du bâton,
>   Ron, ron.

> Il n'y mit pas la patte,
> Et ron, ron, ron, petit patapon;
> Il n'y mit pas la patte,
> Il y mit le menton,
>   Ron, ron.

> La bergère en colère,
> Et ron, ron, ron, petit patapon;
> La bergère en colère
> A tué son chaton.
>   Ron, ron.

> Elle (1) s'en fut à confesse,

(1) Ce mot ne forme ici qu'une seule syllabe; on n'est pas difficile dans les rondes; et cette licence n'a rien qui doive étonner.

> Et ron, ron, ron, petit patapon,
> Elle s'en fut à confesse,
> Vers le père Grignon,
>   Ron, ron.

Ici on désigne de l'œil celui qui doit être le père Grignon, et la bergère, se séparant de la chaîne, va s'age-

nouiller, les mains jointes, devant le révérend de nouvelle fabrique, en disant :

> Mon père je m'accuse,
> Et ron, ron, ron, petit patapon;
> Mon père je m'accuse,
> D'avoir tué mon chaton.
>   Ron, ron.

Le monsieur qui fait le père Grignon répond, en relevant sa pénitente :

> Pour votre pénitence,
> Et ron, ron, ron, petit patapon;
> Pour votre pénitence,
> Nous nous embrasserons.
>   Ron, ron.

Après l'avoir embrassée, il lui prend les deux mains, et tourne avec elle en sautant au milieu du rond, qui saute et tourne en même temps. Cette ronde est fort longue, car on la recommence à chaque dame; mais s'aperçoit-on de sa longueur avec un air aussi drôle et ce réjouissant *ron ron* qui accompagne si bien les bonds des danseurs!

COQUELETTE (Un, deux, trois). Dans une cour, dans un jardin, voire même dans un appartement, plusieurs enfants se trouvent réunis et veulent jouer à *un, deux, trois, coquelette*. Voici comment ils s'y prennent : On tire au sort pour savoir celui des joueurs qui sera *coquelette*. Ce dernier, dès qu'il est désigné, appuie ses bras sur une chaise, un bloc de bois, un banc ou une grosse pierre; il baisse la tête, et présente son dos arrondi : c'est précisément ce qu'on appelle *être coquelette*. Tous les autres joueurs se placent à la file les uns des autres, à quelque distance en arrière de coquelette; le premier en tête de la file se détache en courant, et saute à califourchon sur coquelette, en battant des mains et en criant : *un, deux, trois, coquelette*. Cet écuyer d'un nouveau genre doit s'y prendre de façon à prononcer le dernier mot en arrivant sur le patient; faute de quoi il devient coquelette à sa place. Mais, s'il a crié dans le moment voulu, il va reprendre sa place à la fin de la file, et le joueur qui se trouve alors à la tête enfourche coquelette à son tour, et ainsi de suite.

CORDE (La). De tous les jeux de l'enfance, celui de la corde est assurément le plus à la mode, et, il faut l'avouer, nul ne mérite mieux cet honneur. Quelle gracieuse rapidité dans les pas des petits sauteurs, et quelle merveilleuse adresse, quelle agilité il développe chez eux ! Cependant, il faut y prendre garde, c'est un exercice violent, qui peut fatiguer la poitrine, et les parents feront bien d'avoir soin que leurs enfants n'en usent qu'avec modération. Comme la dureté de la corde fatigue la main et y formerait à la longue de douloureux durillons, on devra choisir de préférence les cordes dont les extrémités sont garnies d'une poignée arrondie en bois lisse.

Il y a plusieurs jeux de corde. Parlons d'abord de la grosse corde. Les joueurs, partagés en deux bandes, se placent aux extrémités de la corde et la tirent. Chaque bande s'efforce d'entraîner l'autre jusqu'au mur ou jusqu'à la ligne qui sert de limites ou de camp.

Vient maintenant la petite corde à un seul joueur. Un enfant prend de chaque main une des extrémités d'une corde qu'il fait passer sous ses pieds, en sautant et faisant tourner la corde autour de son corps. Quelquefois il est assez agile pour la faire passer deux fois sous ses pieds à chaque saut, et c'est ce qu'on appelle un double tour. Les triples tours sont incomparablement plus difficiles, et l'on ne peut guère aller au delà d'une douzaine de suite. En s'élançant d'un endroit élevé, on parvient facilement à faire des triples tours. Si le joueur faisait tourner la corde en croisant les deux bras sur la poitrine, il ferait ce qu'on appelle une croix de chevalier, mais il faut être très-agile et même très-fort pour la faire double ; en effet, les croix de chevaliers doubles tours demandent une grande souplesse dans les reins et beaucoup de vigueur dans les poignets. On fait successivement un double tour et une croix de chevalier double aussi. Deux joueurs peuvent se disputer à qui jouera le plus longtemps sans manquer. Chacun peut avoir sa corde, ou bien la même corde servira aux deux joueurs, qui jouent l'un après l'autre, et dont l'un remplace son camarade lorsqu'il a manqué.

N'oublions pas la longue corde. Deux enfants la tien

nent, chacun par une de ses extrémités ; puis ils la font tourner de manière qu'elle touche la terre, et que, dans son tour, elle s'élève à six pieds environ, en faisant une espèce de berceau. Un ou plusieurs joueurs entrent et dansent sous cette corde dont ils suivent bien tous les mouvements. Celui qui abat la corde est obligé d'aller la tourner. Quelquefois les joueurs rangés à la file entrent par un côté et sortent par l'autre. Celui qui abat la corde avec ses pieds ou sa tête, ou qui en arrête le mouvement de quelque manière que ce soit, ne joue plus jusqu'à ce que tout le monde ait manqué. On doit avoir soin de proportionner la rapidité de la corde à l'adresse et à l'agilité des sauteurs. Les écoliers appellent *donner du vinaigre*, l'action de faire tourner la corde avec beaucoup de vivacité.

Pour bien jouer à la corde, il faut avoir soin de choisir un parquet bien juste ou un terrain parfaitement uni. Mais comme ordinairement cet exercice a lieu en plein air, nous recommandons de choisir un terrain bien battu et où il n'y ait ni poussière ni cailloux, car la corde pourrait les lancer au loin et occasionner de graves accidents.

CORDONNIER (Le). C'est une ronde assez amusante, et, comme dans toutes les rondes, la société forme un cercle qui s'agrandit d'autant plus qu'entre chaque personne il y a un mouchoir roulé que l'on tient par les deux bouts, précaution qui devient complétement inutile quand la société est nombreuse. Une personne désignée à l'avance par le sort pour remplir le rôle de cordonnier se place au milieu du rond. Ce nouveau disciple de saint Crépin est ordinairement un jeune homme ; il se met à genoux, ou s'assied par terre ou sur les talons ; on lui donne quelquefois un petit tabouret ou un coussin. Une fois assis, le cordonnier, tout en faisant le simulacre de se livrer aux opérations de son métier, dit très-vite :

> Allons, belles, belles, des souliers,
> Que j'en essaye à vos jolis pieds.

Et tout le monde de tourner et de courir le plus vite possible en répondant :

> Essayez ! essayez ! essayez !

C'est une espèce de défi jeté au cordonnier, qui, sans quitter sa place, sans déplacer son siège, et seulement en étendant les bras, tâche d'arrêter une pratique au passage, en saisissant le bas de la robe des dames et la jambe des messieurs. A-t-il atteint quelqu'un, le cordonnier devient maître, et celui qui s'est laissé attraper devient cordonnier à son to

COSME (A .... t). C'est un des jeux que Rabelais fait jouer à Gargantua. Voici comment le commentateur explique ce jeu, qui n'est autre chose qu'une attrape. On s'approche d'un enfant assis dans un fauteuil et qui a les yeux bandés; puis on lui présente un chandelle allumée, en lui disant : *A saint Cosme, je viens t'adorer*. Mais au moment où il va pour la saisir, on lui substitue un bâton malpropre. C'est une de ces petites espiégleries de mauvais goût que les enfants se permettent quelquefois. On voit par là que le facétieux Rabelais n'a rien oublié.

COUSINS (Les). Il arrive très-souvent dans le monde qu'on est cousiné par une foule de gens que l'on ne connaît pas, et qui ne cherchent qu'à vous duper. Mais ici, heureusement, vous n'avez rien de pareil à craindre. Les cousins dont nous voulons vous parler n'ont pas d'arrière-pensée et ils se livrent à une franche et bonne gaieté. Si vous en doutez, veuillez vous donner la peine d'entrer dans la ronde que l'on danse en ce moment :

> Ne sommes-nous pas cousins, cousines,
> Ne sommes-nous pas cousins trétous?
> Embrassez-en une pour le tout :
> Ne sommes-nous pas cousins, cousines,
> Ne sommes-nous pas cousins trétous?

Tel est le couplet que l'on chante et qui finirait par devenir monotone, si l'on n'avait soin d'y mêler quelques malicieuses variations. C'est ainsi qu'on a la liberté de dire à une dame : *Embrassez-en trois, quatre, six ou huit pour le tout*. On pousse même la licence jusqu'à dire : *Mademoiselle, embrassez le tout;* et ce n'est pas là une petite besogne pour la pauvre cousine, qui est obligée d'embrasser tous les cousins, c'est-à-dire tous les messieurs de la ronde ! Mais il lui est permis de se venger à son tour. Quand elle ordonne, elle peut dire à un monsieur : *Vous n'en embrasserez point du tout*. Avis aux cousins !

DÉCLARATION (La). C'est une ronde que les jeunes gens ne manqueront pas de trouver jolie, car on y donne force baisers. Écoutons d'abord la petite chansonnette que chante en tournant la folâtre assemblée :

> On dit, monsieur, que vous êtes
> Amoureux d'une beauté;
> Si vous aviez la bonté
> De nous la faire connaître,
> En donnant un doux baiser
> A celle que vous aimez.

Dès le premiers vers, le monsieur à qui l'on s'adresse entre au milieu du rond; au dernier vers, il embrasse la demoiselle qui lui convient le mieux, et passe à la gauche du maître de la ronde. Dès qu'il a pris sa place, on dit à la demoiselle restée à droite :

> Et vous, charmante bergère,
> Qui tyrannisez les cœurs,
> Cessez, cessez vos rigueurs,
> Ne soyez pas si sévère :
> Embrassez le serviteur
> Qui sut toucher votre cœur.

Dès le premier vers de ce couplet, la demoiselle quitte la chaine, et, au dernier, elle présente la joue au cavalier qu'elle préfère, et l'on continue ainsi de suite en sautant et en chantant cette petite ronde, qui ne se distingue pas toujours par la richesse de la rime.

DENTELLE (La). La *dentelle*, qu'on appelle aussi le jeu du *labyrinthe*, est un jeu très-vif et d'autant plus amusant qu'il a l'avantage d'amuser tout le monde à la fois. Voici comment on y joue. Toutes les personnes de la société, excepté un monsieur et une dame, se tiennent par les mains et forment soit une longue chaine, soit un rond. L'un des deux joueurs hors de rang est la *navette*, et l'autre le *tisserand*. La navette court sous une des arcades que présentent les bras réunis, et sort par l'arcade qui suit. Le tisserand qui court après la navette en suit tous les détours; tous deux entrent et sortent alternativement par une arcade et par l'autre, imitant, pour ainsi dire, le mouvement de la navette ou de la trame qu'on fait passer au travers de la chaine en faisant de la toile ou de la dentelle. Mais, dans la rapidité de la poursuite et dans la crainte d'être pris, le tisserand ou sa navette se trompe souvent d'arcade. Dans ce cas, l'arcade se baisse et on retient le coupable prisonnier. Si ce coupable est un homme, c'est le monsieur qui fait la moitié de l'arcade où il est arrêté qui le remplace; si, au contraire, c'est une dame, celle qui forme l'autre moitié de l'arcade lui succède. Quand, par hasard, la navette et le tisserand se sont trompés tous deux, ils prennent la place de l'arcade où ils ont été pris, et les deux personnes qui formaient cette arcade recommencent à leur tour à faire de la dentelle.

DIABLE (Le). N'allez pas croire qu'il s'agisse ici de Satan, de ce prince des démons dont les vilaines cornes et les pieds fourchus ont souvent causé de grandes frayeurs aux petits enfants. Non, il s'agit tout simplement d'un jeu qui était fort en vogue sous l'Empire, et qui, depuis, comme tant d'autres choses, a été abandonné.

Le diable dont nous voulons parler est un instrument formé en quelque sorte par deux toupies d'Allemagne réunies par une même tige. Il consistait autrefois en deux cylindres creux de métal, de bois, de bambou, même de cristal, réunis au milieu par une traverse. Chacune des cavités est percée d'un trou dans des sens opposés. Une corde fait un nœud coulant autour de la traverse. En suspendant en l'air ce hochet, au moyen de deux bâtonnets, longs au plus comme l'avant-bras, et en l'agitant avec vitesse, il s'établit dans le cylindre un courant d'air rapide, qui fait entendre un fort ronflement. Si l'on tend la corde, le diable s'élève à une assez grande hauteur, à dix mètres environ, et l'adresse du joueur consiste à le faire retomber sur la corde et à lui imprimer un nouveau mouvement. En France, on perfectionna le diable. Au lieu des cylindres, on assujettit deux sphéroïdes, taillés dans le même morceau de bois ; le diable roule librement sur une corde faiblement tendue.

Ce n'est guère que vers la fin du dernier siècle que ce jeu bruyant, importé des Indes en Angleterre, et de là en France, a été connu chez nous. Il est imité et perfectionné du diable chinois, instrument beaucoup plus gros et moins commode dont, en Chine, les marchands et principalement les débitants de sucreries se servent depuis fort longtemps pour appeler leurs pratiques. Comme ce jeu exige beaucoup d'adresse, il avait piqué l'amour-propre des dames, et dès lors la mode s'en était répandue rapidement. La haute société surtout l'avait adopté; les enfants en faisaient leurs délices et on le rencontrait partout. Depuis le fer-blanc jusqu'aux matières les plus précieuses, tout était mis en œuvre pour fabriquer les diables les plus charmants les plus riches. Si vous êtes tentés d'essayer de ce jeu, ayez soin de vous y exercer en plein air, dans un jardin, dans une cour, etc., car dans un appartement vous courriez risque de faire quelque dégât, et le ronflement du diable serait par trop étourdissant.

Ce hochet a donné lieu à une singulière méprise que nous voulons vous conter, d'après Ch. Nodier, qui le premier en a fait la découverte. Les anciens dictionnaires latins, dit-il, ne donnaient au mot *rhombus* que le sens vulgaire de *turbot*. Ils avaient négligé l'acception technique, dans laquelle ce mot signifie une espèce de toupie éolienne qu'on fait tourner sur des lanières élastiques, et que nous appelions le diable il y a une cinquantaine d'années. Or, ce *rhombus* était d'usage dans certaines cérémonies magiques, et M. Noël, auteur du *Dictionnaire des pêches*, qui ne connaissait qu'un sens au mot latin, se montre fort persuadé que le *turbot* servit aux enchantements des bergers de Théocrite et des sorcières d'Apulée; Hoffman lui-même, le fameux critique, a partagé son opinion. Faites donc des dictionnaires après cela... le *diable* changé en *turbot!* Oh!

ÉMIGRANT (L'). Voilà un jeu qui par sa dénomination même nous reporte à une triste époque de notre histoire, à l'époque de l'émigration française, lors de la première révolution. C'est de cette circonstance que ce jouet prit son nom; il fit fureur alors, mais aujourd'hui c'est à peine si le souvenir en reste, à tel point que vous chercheriez en vain ce mot dans tous nos dictionnaires, tant nos dictionnaires sont bien faits !

Ce jouet consiste en un disque de bois, d'ivoire ou d'écaille, creusé dans son pourtour à une certaine profondeur, et percé d'un trou dans lequel on fait passer un cordonnet qui est noué à son extrémité comme celui du bilboquet. Une légère secousse suffit pour faire enrouler le cordon autour de la rainure, de sorte que le disque remonte le long de la corde. L'émigrant reviendrait tout seul dans la main qui l'a lancé, si son impulsion n'était en partie détruite par le frottement et par la résistance de l'air; mais on seconde son mouvement par un jeu alternatif de la main. Ce hochet descend et monte sans cesse, à moins qu'il ne se *déraille*, c'est-à-dire que le cordonnet ne sorte de la rainure profonde et circulaire où il est engagé. On peut lui imprimer non-seulement un mouvement vertical de haut en bas, et de bas en haut, mais un mouvement horizontal ou oblique, et le faire aller, si l'on veut, comme un encensoir. Ce dernier mode, il est vrai, n'est pas sans inconvénient, surtout dans un appartement, car, ainsi lancé, l'émigrant peut blesser les personnes qui entourent le joueur, et briser les glaces et les porcelaines. Aussi est-il plus prudent d'y jouer dans une cour ou dans un jardin. Là on n'a rien à craindre. Ce hochet est

également connu sous le nom de l'*émigrette;* on a dit aussi, mais plus rarement, l'*émigré*.

ENCENS (L'). Soyez sans crainte, cet encens-là ne vous portera pas à la tête; néanmoins nous vous conseillons de ne pas vous laisser casser l'encensoir sur le nez. Mais venons à ce petit jeu, qui n'est qu'une attrape. Une personne de la société désignée par le sort est érigée en dieu ou en roi. On vient pour l'encenser, mais voyez la perfidie! L'encens dont on se sert n'est autre chose que du crin coupé en très-petits morceaux. On en remplit une gibecière qui sert d'encensoir, et qu'on agite devant le dieu ou le roi, mais on s'y prend de façon que l'encens maudit arrive juste dans son cou et sur sa poitrine.

ENVOYÉ DE CYTHÈRE (L). Vous l'avez deviné, c'est une ronde fort connue des jeunes filles, qui, après s'être formées en cercle, chantent en tournant le plus gaiement qu'elles peuvent le couplet suivant :

> Je suis envoyé de Cythère,
> Pour marier tous les amants;
> Sans contrat et sans notaire,
> Je les unis à l'instant,
> Si vous aimez le mariage.
> Entrez dans le rond et choisissez.

Là-dessus un monsieur ou une dame entre dans le rond et embrasse celle ou celui qui lui convient. Ce couplet se recommence pour chaque danseur. Souvent il arrive que certaines personnes privilégiées attirent tous les baisers, mais si les accapareurs sont généralement et à juste titre détestés en tout genre, ils le sont plus encore en fait de jeux : la politesse autant que la justice exige que chacun ait à peu près sa part.

ÉPINGLE. Le jeu de l'épingle est comme le pendant de celui des hochets. Il est plus en usage parmi les jeunes filles qu'entre les jeunes garçons. On y joue ordinairement deux. Une petite fille met sur table une épingle. Sa camarade en met une autre, qu'elle pousse du bout du doigt sur la première épingle. Si elle réussit à les mettre en croix, elle gagne une épingle; si elle ne réussit pas, la première pousse la sienne à son tour, et ainsi de suite. Ce jeu est, pour ainsi dire, l'opposé du jeu des hochets.

FAGOTS (Les). N'allez pas croire que ce soient de vrais fagots, c'est-à-dire des faisceaux de branchages et de menus bois unis ensemble pour servir au chauffage. Non, il s'agit tout simplement de jeunes et jolies dames et de jeunes et beaux cavaliers. Pour jouer aux fagots, il faut que les joueurs soient en nombre pair et qu'il y ait autant de dames que de cavaliers. Chaque cavalier place une dame devant lui, et chaque couple forme ce qu'on appelle un *fagot*, dénomination qui ne paraîtra pas étrange dans un jeu en quelque sorte tout forestier. Les fagots sont disposés en rond, et doivent être assez éloignés pour que l'on puisse circuler librement au milieu d'eux. Une dame désignée par le sort est le *bûcheron*, et un monsieur choisi parmi les autres est le *garde* du bois. Le bûcheron jouit d'un certain privilége, c'est de pouvoir, lorsqu'il est poursuivi par le garde, traverser l'enceinte des fagots dans tous les sens, droit que n'a pas le garde, qui ne peut que tourner autour ; mais ordinairement la dame ou le bûcheron ne reste pas longtemps dans cet espace resserré, et court devant le garde. Si la dame se laisse atteindre par ce dernier, elle prend sa place et se voit condamnée à poursuivre une autre personne à son tour, et cette personne est la première qui se trouve en dehors du fagot devant lequel le garde qui ne l'est plus va se placer, car on ne peut jamais être trois en place. Aussi, pour éviter de se laisser prendre, la dame poursuivie n'a qu'à se placer devant l'un des fagots, au dedans du cercle, et aussitôt la personne qui se trouve en arrière est forcée de s'échapper et de devenir bûcheron. Ce déplacement se renouvelant sans cesse rend le jeu extrêmement animé.

FILER (On ne peut pas toujours). C'est une ronde, une ronde sans baisers, il est vrai, mais qui n'en est pas moins gaie. Voyons d'abord la petite chansonnette que l'on chante pendant que saute et tourne la joyeuse société. Cette chansonnette ne brille guère sous le rapport poétique ; mais l'amusement qu'elle procure doit faire passer sur le reste.

1.

L'autre jour, j'étais assise
A filer près de mon berger ;
Ma mère est venue me dire
Que ce n'était pas sans danger.
Comment voulez-vous, comment voulez-vous,
Comment voulez-vous que je file ?
On ne peut pas toujours filer.

2.

Ma mère ne fut pas partie,
Que mon berger vint m'embrasser ;
Je ne l'ai dit à personne,
Qu'à monsieur notre curé
Comment voulez-vous, comment voulez-vous,
Comment voulez-vous que je file ?
On ne peut pas toujours filer.

3.

Il m'a donné pour pénitence
De souvent recommencer.
Ah ! que c'était un brave homme
Que ce monsieur le curé !
Comment voulez-vous, comment voulez-vous,
Comment voulez-vous que je file ?
On ne peut pas toujours filer.

4.

Si jamais je deviens reine,
Il sera mon aumônier :
Si mon berger devient pape,
Il aura un évêché
Comment voulez-vous, comment voulez-vous,
Comment voulez-vous que je file ?
On ne peut pas toujours filer.

Au refrain de chaque couplet, on *file*, c'est-à-dire que deux personnes du rond se lâchent la main ; celle qui se trouve à droite s'arrête et lève l'autre main qui tient celle de son voisin ; celui-ci l'imite, et leurs bras élevés, en s'arrondissant au-dessus de leur tête, forment une arcade sous laquelle passent, en se baissant, la personne placée à gauche et moitié de la chaîne, en sorte que tout le monde se trouve dos à dos. On danse ainsi pendant quelques moments, suivant que l'indique la marche de l'air ; puis le reste de la chaîne passe sous l'arcade, et l'on se remet en rond, en terminant le refrain.

Veut-on allonger la ronde, et avoir ainsi l'occasion de renouveler souvent les jolies passes du refrain, on *recorde*, c'est-à-dire qu'on reprend à chaque couplet les deux derniers vers du précédent.

FOSSETTE. C'est une espèce de jeu de noix ; on y joue aussi avec des billes, des amandes, des noyaux de cerises ou de prunes, etc. En Bretagne, on l'appelle le jeu des *luettes*, et Rabelais se sert de ce mot. On y joue aussi à Bordeaux et à Nantes, avec des coquilles, sur le gravier et le sable. Molière fait dire à un prétendu médecin qu'il a guéri un enfant tenu pour mort avec un élixir si admirable, qu'après en avoir pris quelques gouttes, il s'en alla jouer à la fossette.

La fossette est un petit trou que les enfants creusent en terre, le plus souvent dans l'angle formé par deux murs, et qui est profond de vingt-sept millimètres (un pouce) et large de cinquante-quatre millimètres (deux pouces). Deux joueurs mettent en commun un nombre égal de noyaux, qui n'excède jamais celui que la paume de la main peut contenir. On tire au doigt mouillé, et celui que le sort favorise jette le premier les noyaux dans la fossette. S'il les y fait tous entrer, sans qu'il en ressorte un seul, il a gagné. S'il n'en fait entrer qu'une partie, et que cette partie soit en nombre pair, il a gagné ce qui est dans la fossette, et il a le droit d'y glisser les autres un à un, en les *calant* du pouce ; s'il manque, son adversaire joue à son tour. Lorsque, en *poquant* les noyaux dans la fossette, le joueur n'y introduit qu'un nombre impair, son adversaire ramasse les noyaux, et joue les autres en les calant du pouce.

Chez les Grecs et chez les Romains, les enfants jouaient aussi à la fossette, et il faut croire qu'ils y jouent dans toutes les parties du monde.

FOULONS L'HERBE. Fouler l'herbe !...... oh ! n'est-ce pas que c'est une douce chose, le matin, par un beau soleil de mai, quand le ciel est bleu, que la rosée brille aux branches des arbres, que l'oiseau chante, que l'insecte bruit, que les eaux murmurent, etc., etc... Mais laissons là ces promenades délicieuses et poétiques, pour ne nous occuper que de notre sujet, qui est tout simplement une ronde, et, qui pis est, une ronde sans baisers. Un seul couplet en fait tous les frais ; le voici :

Foulons, foulons, foulons l'herbe,
Foulons l'herbe, elle reviendra.
Passez par ici, et moi par là.
Foulons, foulons, foulons l'herbe,
Foulons l'herbe, elle reviendra.

Comme on voit, ce couplet est fort peu de chose ; mais a-t-on le droit d'être difficile quand on s'amuse ? Toute la société, réunie dans un jardin, dans une cour, ou sur une verte pelouse, chante les deux premiers vers en tournant et en sautant en rond. Au troisième vers, le maître de la ronde, c'est-à-dire celui qui la conduit, s'arrête un moment, puis tend la main gauche à la dame placée à sa droite, et la fait passer devant lui ; en même temps il offre la main droite à la dame qui suit. Tous les cavaliers imitent ce mouvement, de telle sorte que les dames, qui tendent aussi alternativement la main droite et la main gauche, circulent au dedans du rond, de droite à gauche, tandis que les cavaliers circulent, en dehors, de gauche à droite. On fait aussi deux tours en répétant les trois derniers vers, et en les redoublant jusqu'à ce que chacun soit revenu à sa place. Aussitôt le rond se reforme, on saute, et l'on retourne en reprenant :

Foulons, foulons, foulons l'herbe,
Foulons l'herbe, elle reviendra

Pendant que le rond commence à se reformer, le maître de la ronde fait passer à sa gauche la dame et le monsieur qui se trouvent à sa droite, précaution qui n'est pas inutile, puisqu'elle a pour but de prévenir toute confusion. On recommence le couplet pour un nouveau couple, qui passera ensuite à la gauche, et ainsi de suite jusqu'à la fin. Tout cela, cependant, n'est que la moitié de la ronde, car à peine a-t-on fini de chanter pour les dames qu'il faut recommencer à chanter pour les messieurs. C'est alors une dame qui conduit la ronde à la place d'un monsieur ; elle fait circuler les danseurs à leur tour, de droite à gauche, au dedans du rond, et les danseuses de gauche à droite, en dehors. Comme il est facile de le voir, c'est absolument l'opposé de la première partie de la ronde ; mais tout le reste est semblable. Foulez donc l'herbe !

FRONDE (La). Tous les enfants connaissent cet instrument, qui peut être une arme de guerre aussi bien qu'un objet d'amusement. Il est formé d'une petite bande de cuir, à laquelle sont attachées deux cordes, chacune d'un côté. On place un objet quelconque sur le cuir, et on le plie en tendant les deux cordes, puis on fait tourner la fronde en lui imprimant peu à peu une vitesse de rotation. Lorsque cette vitesse est la plus grande possible, on lâche une corde, en retenant l'autre. La fronde s'ouvre alors et laisse partir le corps qu'elle renferme, et qui devient capable de frapper avec force les obstacles. Celui qui lance, par exemple, une pierre le plus loin, ou qui a atteint un but désigné, a gagné.

Le jeu de la fronde est dangereux, et l'on fait bien de l'interdire à la jeunesse. Les habitants des îles Baléares étaient réputés pour être les plus habiles frondeurs. Dans leur enfance, pour les rendre très-forts dans cet exercice, on leur donnait pour but un morceau de pain, qu'ils ne mangeaient que quand ils l'avaient abattu. Les Grecs et les Romains eurent des frondeurs, ainsi que les Francs et les autres peuples du moyen âge. L'invention des armes à feu a fait abandonner cette arme.

« Il y avait dans ce temps-là, dit un chroniqueur (1), dans les fossés de la ville, une grande troupe de jeunes gens volontaires qui se battaient à coups de pierres avec des frondes, dont il demeurait quelquefois des blessés et des morts. Le parlement donna un arrêt pour défendre cet exercice, et, un jour qu'on opinait dans la grand'chambre, un président parlant selon le désir de la cour, son fils, qui était conseiller des enquêtes, dit : *Quand ce sera mon tour, je* fronderai *bien l'opinion de mon père.* Ce terme fit rire ceux qui étaient auprès de lui, et, depuis, on nomma ceux qui étaient contre la cour *frondeurs.* » Comme on le voit, nul ridicule ne devait manquer à la *fronde,* pas même son nom.

FURET DU BOIS JOLI (Le). A propos de *furet,* vous croyez peut-être que nous voulons vous parler de ce petit mammifère carnassier, aux jambes courtes, au corps mince et allongé, au museau très-pointu, qui fait une guerre si acharnée aux lapins, qu'il va débusquer jusque dans leurs terriers, tant il est doué de souplesse et d'agilité ? Détrompez-vous. Il n'est ici question que d'un joli jeu-ronde que vous connaissez tous et auquel vous avez sans doute joué plus d'une fois. Voici en quoi il consiste. Quand la société est assez nombreuse, on forme un cercle comme dans toutes les rondes ordinaires. Le cercle formé, une personne se place au milieu, et c'est elle qui fait ce qu'on appelle le *chasseur.* On prend ensuite un cordon, une ficelle ou mieux un ruban de fil neuf et plat, d'une longueur relative à l'étendue du cercle. On passe un anneau dans ce cordon, et on en fixe les deux bouts par un nœud solide. Cet anneau est précisément ce qu'on nomme le *furet,* et vous allez voir qu'il justifie merveilleusement son nom. Ces préparatifs achevés, chacun prend le ruban des deux mains, qu'il agite sans cesse, comme s'il faisait passer l'anneau, mais uniquement pour empêcher le *chasseur* de distinguer la personne qui fait passer le furet à son voisin. Pendant que le furet court, on chante ce refrain :

> Il court, il court, le furet,
> Le furet du bois, mesdames,
> Il court, il court, le furet,
> Le furet du bois joli.
> Il a passé par ici,
> Le furet du bois, mesdames :
> Il court, il court le furet, etc.

On fait effectivement courir le furet tout le temps que dure la ronde, et on ne s'arrête que lorsqu'elle est terminée. Alors le *chasseur* nomme la personne dans les mains de laquelle il présume que l'anneau est resté. S'il devine juste, cette personne prend sa place ; dans le cas contraire, on recommence le refrain en chantant de nouveau.

Ce jeu, qui est assez amusant, comme chacun sait, devient encore plus animé lorsqu'on laisse au chasseur la faculté de chercher l'anneau dans les mains des joueurs, tandis qu'ils chantent la ronde. C'est alors un véritable assaut d'agilité et de gaieté. Avec quel empressement les joueurs ne font-ils pas couler l'anneau de main en main ! Aussi le pauvre chasseur va, vient, court de droite à gauche, saisit les mains, les presse, guette l'anneau au passage et le saisit au milieu des cris de joie.

GALET. Le jeu de galet est une espèce de jeu de disque, que l'on joue en chambre sur une table à rebords, longue et bien unie. On pousse des palets d'ivoire, de marbre ou de cuivre, vers un but placé à l'extrémité de la table, et fort proche d'un endroit où les palets tombent et se perdent. Le grand art est d'approcher le plus près du but, sans tomber dans le fossé ; on tâche d'éloigner ou de précipiter le palet de son adversaire qui s'y serait placé le premier, et de rester à sa place, car le galet qui se trouve le plus près du but gagne la partie.

Comme on le voit, ce jeu n'est qu'une variété du jeu de palet. On se sert aussi pour y jouer d'une table longue, sur laquelle est tracée une figure à divers compartiments. Celui qui est assez adroit pour jeter le galet au milieu de cette figure a gagné la partie.

GALOCHE (La). C'est principalement le dimanche et les jours de fêtes qu'en Bretagne les enfants du village, à l'issue des vêpres ou après le catéchisme, se donnent rendez-vous aux abords d'une église. Vous les voyez divisés en plusieurs groupes qu'absorbe également l'amour du jeu. Celui auquel ils se livrent avec le plus de plaisir est celui de la galoche. Chacun des joueurs, les yeux fixés sur la somme qu'il convoite, attend avec plus ou moins de philosophie l'issue du coup que vise son adversaire. Cette somme est de cinq ou six liards, sorte de monnaie qui convient aux pays pauvres, et que le reste de la France semble avoir refoulé vers la Bretagne. Parmi les spectateurs, on voit souvent, armé de son sceptre, un jeune pâtre qui ne porte au jeu qu'un intérêt de curiosité, mais il la pousse si loin qu'il oublie entièrement les bœufs et les vaches confiés à sa garde. S'en souvient-il enfin, il se dispose aussitôt à retourner à son poste, mais il ne quitte pourtant la place qu'après avoir connu le résultat du dernier coup qui l'intéressait tant. Parmi les autres spectateurs, le plus intéressé au gain du trésor qui brille sur la galoche, celui dont les yeux s'y attachent avec le plus

____
(1) Mémoires de Montglat.

d'anxiété, c'est ordinairement un petit joueur qu'on voit un genou en terre, et qui, coiffé, en dépit du dimanche, d'un chapeau percé à travers lequel s'échappent quelques mèches de cheveux, ne peut appartenir qu'à une famille pauvre. En effet, c'est le fils d'un simple journalier de campagne. Moins favorisé que ses camarades, mais plus adroit, ils l'admettent avec plaisir à leurs jeux et le voient gagner sans en murmurer, et sans que le misérable état de sa toilette lui attire jamais des paroles dures ou dédaigneuses ; douce égalité que les enfants des villes peuvent envier aux enfants des campagnes !

Le jeu de galoche est exclusivement réservé aux garçons. Les filles n'y jouent jamais, même entre elles. On le trouverait aussi inconvenant dans les campagnes que de voir à la ville une jeune demoiselle fréquenter les billards publics. Ce jeu consiste à placer debout sur un sol uni un petit morceau de bois, de roseau ou de liége, de forme cylindrique, d'environ deux pouces de hauteur, qu'on appelle *galoche*, et en breton *stouf*, et dont le sommet se couronne de divers enjeux. On règle le rang des joueurs, et chacun, muni de deux palets (ce sont d'ordinaire des pièces de deux sous usées par le frottement), jette un de ses palets aussi près que possible de la galoche, et essaye, en lançant le second immédiatement après, de la culbuter de façon que l'un des deux palets se trouve plus rapproché de la monnaie renversée que la galoche elle-même. Celui qui réussit s'empare des enjeux, et les mises se renouvellent ; celui qui échoue en laisse un autre essayer s'il sera plus adroit ou plus heureux, et ainsi de suite (1).

GIROUETTES (Les). Qui ne connaît ces appareils légers placés sur les tours, les clochers, en un mot sur tous les points élevés des édifices, et qui tournent au moindre souffle du vent ? Eh bien ! voici un jeu fort comique et non moins original où vous allez voir des girouettes ; non pas, s'il vous plaît, de ces caractères ondoyants et fluctueux, sur lesquels on ne peut faire aucun fonds, de ces hommes qu'on a vus si souvent dans les événements politiques changer de couleur et d'attachement, selon que le vent de la faveur soufflait d'un côté ou d'un autre. Non, nous ne parlons pas au figuré ; ce sont bien de vraies girouettes, des girouettes vivantes, animées, que vous allez avoir sous les yeux, et qui formeront tout aussi bien la rose des vents que ces appareils grossiers qui suffisent à ceux qui demandent, comme on le fait quand on se rencontre : *D'où vient le vent ? Pleuvra-t-il aujourd'hui ?* Et dire qu'autrefois la lourde et criarde girouette était un attribut féodal dont le manant n'eût osé se permettre de décorer son humble toit !... mais laissons là les réflexions plus ou moins philosophiques, et revenons à notre sujet.

Quand on veut jouer aux *girouettes*, on s'oriente le mieux qu'on peut, et l'on donne à chaque coin de la cour, du jardin ou de la partie du parc où l'on joue, le nom d'un des quatre points cardinaux. Néanmoins, comme on pourrait ne pas se les rappeler, pour couper court à toute discussion, il vaut mieux écrire les noms de ces quatre points sur quatre écriteaux que l'on accroche aux arbres, à des poteaux. Un des joueurs est chargé du rôle d'Éole, et il va sans dire qu'on choisit pour cela une personne vive, gaie, et bien habituée à ce jeu. Tous les autres joueurs se rangent sur une ou plusieurs files ; mais, pour rendre le coup d'œil plus agréable, il faut mettre, autant que possible, une dame entre deux messieurs, et un monsieur entre deux dames. Après avoir recommandé le silence, Éole montre un des côtés de la cour désigné par un des écriteaux ; il nomme le point vers lequel il est situé, et d'où le vent est censé souffler. Le choix de ce point est tout à fait arbitraire et importe peu. Dès que le dieu a désigné un des points cardinaux, toute la société se tourne aussitôt vers le côté opposé. Cela vous paraît étrange. Mais n'est-ce pas une société de *girouettes*, et ne faut-il pas qu'elles semblent tourner le dos au vent pour l'indiquer ? Ainsi lorsque, par exemple, Éole s'écrie *sud*,

tout le monde fait face au *nord*, et réciproquement pour tous les autres points. Quand il prononce le mot *tempête*, on tourne trois fois sur soi-même, et il faut se retrouver exactement au même point qu'auparavant. Au mot *variable*, on se balance jusqu'à ce que le dieu des vents ajoute le nom d'un des points cardinaux, et qu'il dise, par exemple, *variable-ouest ;* à ce commandement, on se tourne vers l'est, mais lentement, car on est sujet à varier ; et il arrive souvent que, lorsqu'on est tourné vers un point, Éole crie à tue-tête pour vous envoyer vers un autre. Néanmoins, quand le dieu capricieux se plaît à nommer un point auquel on est directement opposé, au lieu de s'empresser de lui obéir, tout le monde reste dans la plus complète immobilité. Rien de plus amusant que cette opposition d'ordres et de mouvements, cette variété, cette multiplicité de tours qui donnent lieu à mille bévues plus risibles les unes que les autres. Voilà bien les girouettes !

GRÂCES (Les). A ce mot *les Grâces*, vous vous figurez tout de suite qu'il est question de ces trois déités écloses de la riante imagination des Hellènes, auxquelles la Grèce, leur patrie, éleva de nombreuses statues, dont quelques-unes les représentent nues, tenant l'une une rose, l'autre un dé et la troisième une branche de myrte, trois emblèmes des jeux et des ris. Non, il ne s'agit nullement de ces déesses aimables, aux formes élégantes et moelleuses, aux mouvements suaves et légers, aux paroles douces et insinuantes, et qui furent non moins célèbres que Vénus elle-même, dont elles étaient les compagnes, et dont elles attachaient la merveilleuse ceinture. Mais si nous ne voulons pas parler des *Grâces*, nous voulons parler d'un jeu favori des dames et des jeunes filles, qui, sachant bien que la grâce est encore plus belle que la beauté, s'y livrent avec un plaisir infini, parce qu'il leur permet de prendre les poses les plus gracieuses, d'où l'étymologie de son nom. Le volant a donné l'idée d'un jeu aussi agréable. Quatre bâtonnets un peu moins longs que le bras, peints de brillantes couleurs et revêtus de spirales ou d'ornements divers ; deux petits cerceaux également peints et enjolivés : tels sont les instruments du joli jeu des grâces. Le lieu le plus convenable pour y jouer est une cour, un jardin ou un parc. On a soin de choisir des bâtonnets et des cerceaux de couleur différente ; ainsi l'une des joueuses prendra la couleur rose, l'autre la couleur bleue, etc. Les instruments choisis, l'une d'elles, croisant les bâtonnets maintenus légèrement dans ses mains, leur fait former par le haut une espèce de fourche qui soutient le cerceau. Elle le lance alors comme un volant à sa partenaire. Celle-ci, armée également des bâtonnets en fourche, reçoit le cerceau et le renvoie à sa compagne, qui le lui renvoie à son tour, absolument comme cela a lieu au jeu du volant. Les joueurs plus forts croisent ensemble les deux cerceaux. Rien n'est plus joli que de voir voltiger ainsi dans l'air ces charmants petits cercles colorés dont les spirales semblent se multiplier par le mouvement. On doit jouer en ligne droite, et éviter toute affectation dans les attitudes, les mouvements forcés du jeu présentant par eux-mêmes assez de poses coquettes.

GUILLEMIN, BAILLE-MOI MA LANCE. Rabelais parle de ce jeu d'attrape. On bande les yeux à un enfant qu'on appelle le cavalier ; il dit à son écuyer : « Guillemin ou Robin, baille-moi ma lance. — Attendez, monsieur, répond celui-ci, je vous l'agence. » Et au lieu de lance, il lui présente, quoi ?... un bâton malpropre. On voit assez par là que ce n'est qu'un jeu de petits polissons qui abusent de la naïveté et de la crédulité d'un de leurs camarades. Dans un ancien traité de jeux du quatorzième siècle, on lit les vers suivants :

> Voici le jeu recomblé de plaisance
> De : Guillemein, preste-moy tost ta lance,
> Auquel on baille un baston plein d'ordure
> A un niais qui se bouche les yeux.

Plus anciennement on disait : *Guillemin, baille-my ma lance.* Il y avait plusieurs jeux du même genre tout aussi sots : par exemple, la barbe Doribus : on bandait les yeux à un joueur sous prétexte de colin-maillard ou d'un autre jeu, et on lui barbouillait le visage (*doribus,* dorée).

(1) V. *Breiz-Izel*, ou Vie des Bretons de l'Armorique, par MM. Perrin et Bouët.

HANNETONS. Quand vient le mois d'avril ou de mai, vous entendez de tous côtés de petits industriels, armés d'un vieux bas servant de magasin, et d'une branche d'orme en fleurs, vulgairement appelée pain de hanneton, crier à vous fendre la tête :

V'là d's' hann'tons, d's' hann'tons pour un liard !

Ce n'est pas que les hannetons soient rares; loin de là; on en voit quelquefois des armées si nombreuses, qu'il faut faire le moulinet autour de soi pour n'en être pas couvert. On se rappelle même avoir lu dans les journaux que, le 18 mai 1832, à neuf heures du soir, une légion de hannetons assaillit la diligence, sur la route de Gournay à Gisors à la sortie du village de Talmoutiers, avec une telle violence, que les chevaux, effrayés, obligèrent le conducteur à rétrograder jusqu'à ce village pour y attendre la fin de cette grêle d'une nouvelle espèce. Les hannetons ne pullulent que trop malheureusement; mais, en cela, comme en toute autre chose, les primeurs se payent, et souvent se payent cher. Voilà pourquoi, à Paris, les hannetons se vendent un liard pièce, tandis que, dans la campagne, on les vend pour des épingles.

Quel est le marmot qui, à cette époque de l'année, ne se tourmente, et surtout ne tourmente mère, sœur, bonne, pour avoir un bout de fil, afin d'attacher son hanneton par la patte? Ainsi garrotté, le malheureux hanneton élève et abaisse successivement ses élytres pendant plusieurs secondes, avant de déployer ses ailes pour s'envoler. L'enfant, qui s'aperçoit de ce manège, dit alors qu'il compte ses écus, et croit l'exciter à partir plus tôt en lui chantant à tue-tête, et au grand déplaisir des voisins, ce refrain si connu :

Hanneton, vole, vole, vole,
Ton mari est à l'école,
Il m'a dit. si tu ne voles,
Qu'il te couperait la gorge
Avec un couteau d' saint Georges, etc.

Comme Alceste, dans le *Misanthrope*, nous dirions volontiers :

La rime n'est pas riche et le style en est vieux.

Mais, tels qu'ils sont, nous regrettons d'avoir oublié le reste de ces vers, car cette chanson, toute française, est un monument populaire qui, à ce titre, méritait d'être conservé. Quelle époque de bonheur, pour le marmot s'entend, car, pour le pauvre insecte, c'est bien différent!

Heureux si, après avoir perdu tout ou partie des six pattes dont la nature l'a généreusement gratifié, il peut prendre son vol avec ce qu'il a pu en sauver !

De temps immémorial, les hannetons ont été les jouets et les victimes de l'enfance; mais, s'il est bon que les enfants s'amusent, nous ne croyons pas que cela doive aller jusqu'à faire souffrir inutilement ces insectes. Aussi, si nous ne trouvions indiqués certains amendements aux lois du jeu des hannetons, nous n'aurions pas hésité à interdire ce passe-temps cruel à nos jeunes lecteurs. Mais, en toute sûreté de conscience, nous pouvons leur laisser le plaisir d'en faire des chevaux, des moulins à vent et des prédicateurs.

Tous les enfants connaissent la manière de leur enfiler un long fil à la pointe qui termine leur corps, puis de leur donner la volée en tenant ce fil par le bout. Au lieu de cette pratique barbare, nous conseillons d'attacher, comme une ceinture, le fil sous les ailes ou élytres du hanneton. Cela ne le gênera en aucune façon et ne l'empêchera pas d'étaler ses ailes pour s'élever en l'air, et, comme il ne souffrira pas, il n'en volera que mieux et plus longtemps.

A la cavalerie *hannetonnière*, maintenant. Pour transformer les hannetons en chevaux, on choisit les plus gros; on leur attache un gros fil double sous les élytres; puis on fixe le bout de fil au timon d'une petite voiture de carte. Les hannetons, en nombre pair, doivent être placés à droite et à gauche du timon; quatre forts hannetons suffisent; un plus grand nombre ne ferait qu'embarrasser l'attelage. Il ne faut pas non plus que les rênes soient trop allongées, et il est bon de mettre quelques brins d'herbe ou rognures de papier dans la voiture, afin qu'en la traînant les hannetons ne la fassent pas culbuter. Tout étant ainsi préparé, on place l'attelage au soleil, sur un banc de pierre ou sur une planche bien unie, et, si les chevaux ne marchent pas, on leur appuie légèrement le bout du doigt sur les pattes. On ne tarde pas à voir s'avancer l'équipage, qui fait de temps en temps de petits bonds pour prendre son vol.

Il faut beaucoup moins de soins pour faire un *moulin à vent* avec des hannetons. Il suffit tout simplement de couper une carte en deux, dans sa longueur, d'en rogner un peu les morceaux, de les coudre en croix de saint André, et d'attacher le milieu de cette croix au bout d'un bâton; puis, aux quatre extrémités de la croix, on attache un gros hanneton: on fiche le bâton au soleil, et les hannetons, qui volent en ronflant, font tourner la petite aile du moulin à vent.

Viennent à présent les hannetons *prédicateurs*. Pour leur faire subir cette transformation, on les attache, à l'aide d'un gros fil, dans une espèce de chaire faite avec des morceaux de cartes, en ayant soin que leurs deux premières pattes seulement paraissent. Les hannetons, ainsi retenus. font des efforts pour s'échapper; ils rapprochent leurs autres pattes ou cornes, et semblent avoir un bonnet carré; ils tirent la tête, étendent les pattes, ce qui leur fait parfaitement imiter les gestes des prédicateurs.

HOCHETS. Ce sont les instruments des premiers jeux de l'enfance. Les Romains les appelaient *crepundia*. Leur forme varie chez les différents peuples. Chez les sauvages de la Nouvelle-France, ce sont des petits bracelets de porcelaine, et d'autres petits joujoux. Parmi nous, c'est quelquefois un morceau de verre ou de métal, avec de petits grelots; comme les enfants les portent à la bouche, on prétend que leur dureté amollit leurs gencives et fait percer les dents. Quelques personnes regardent l'usage des grelots comme dangereux. Les Romains s'en servaient cependant, et Martial dit : « Si un petit enfant se jette à votre cou en pleurant, mettez-lui en main un petit sistre à grelots pour l'apaiser. » Nos ancêtres appelaient *jhoughé* les hochets d'enfants.

Peignant les premiers jeux de l'enfant encore au berceau, un poëte a dit fort ingénieusement :

Je vois alors s'animer tous ses traits,
Et s'agiter entre ses mains débiles
D'un long cristal les sonnettes mobiles:
Ah ! jouissons de ses faibles essais,

Quand de la vie il commence la route ;
Il n'y fera que changer de *hochets*,
Et le premier vaut les autres sans doute.

HONCHETS ou **JONCHETS**. Rabelais parle du jeu des jonchets. Ces jonchets étaient faits d'abord avec de petits joncs, *junculis*, comme encore aujourd'hui à Saint-Lô, en Normandie. On y joue ordinairement avec des brins de paille, de petits bâtons menus, le plus souvent d'os ou d'ivoire. On peut même y jouer avec des épingles. On laisse tomber sur une table un paquet de jonchets, qui s'éparpillent et se croisent. On tire au sort à qui jouera le premier, ou, par politesse, on cède cet honneur à son camarade. Celui qui joue a un jonchet recourbé avec lequel il s'efforce d'en dégager un, de le soulever et de le tirer du jeu, en le faisant sauter, s'il est nécessaire. Il doit éviter de faire remuer les autres; sans cela, il est obligé de rejeter au milieu le jonchet qu'il voulait prendre. Les autres jonchets qu'il a pu tirer adroitement lui appartiennent, et chaque pièce ordinaire lui compte pour un point. Certaines pièces, comme le roi, la reine, le cavalier, qui ont une forme particulière, valent davantage, comme trente, vingt, cinq points. Quand tous les jonchets sont levés, chacun compte le nombre de points qu'il a gagnés, et on recommence jusqu'à ce qu'un des joueurs ait remporté le nombre de points fixés, qui est ordinairement de cent.

Ce jeu est propre à exercer l'adresse et la patience des enfants. On dit également *jonchets*, *honchets* ou *onchets*, qu'il ne faut pas cependant pas confondre avec *hochets*.

JARCOTONS (LES). Il vous est arrivé souvent de vous promener au bord d'un étang, d'un marais, et, par conséquent, de voir sauter des grenouilles. Eh bien ! voici un jeu qui vous rappellera tout à fait le saut de ces reptiles. Rien de plus burlesque, en effet, que l'attitude forcée que prennent les joueurs, qui, se tenant comme pour une ronde, se disputent à qui atteindra le premier, en marchant en *jarcotons*, un but désigné, ou à qui se maintiendra le plus longtemps dans cette posture. Or, les *jarcotons* consistent à s'accroupir de manière à être assis sur le bout des talons, et à se tenir sur la pointe du pied. Avant de replier ainsi les jambes, les petites filles réunissent les plis de leurs robes sous elles, et les font tenir entre les talons ou les deux jambes, afin de n'en point être embarrassées. Dès que la société s'est mise dans cette position, elle forme un rond, en se tenant par la main, et chante, en tournant :

Dansons, dansons les jarcotons.

Et cette danse, ou plutôt les sauts que font nos jarcotons pour avancer ressemblent assez aux sauts des grenouilles; mais on n'a pas sauté huit minutes, qu'on voit presque tous nos sauteurs tomber comme des capucins de cartes. Quelquefois on fait donner des gages à ceux qui cherchent à se soutenir sur les mains ou qui tombent après avoir fait quelques sauts.

LOI D'AMOUR (LA). C'est une ronde, et une ronde où chaque personne doit à son tour donner un baiser. En faut-il davantage pour qu'elle plaise? La société, formée en cercle, chante en tournant le couplet suivant :

Air : *De tambour*, ou *Cueillons la rose*, etc.

Du dieu de Cythère,
Chantons les attraits en ce jour,
Tout doit sur la terre
Céder à l'amour :
Cédez à ses lois, aimable beauté ;
Dans la société
Ayez la bonté
De choisir un berger fidèle.

Bien entendu, quand on dit à une dame de se choisir un berger, c'est lui dire de donner un baiser à celui qu'elle veut élire. Dès qu'elle a fait son choix, elle rentre dans le rond, et l'on recommence aussitôt le couplet en tournant et sautant :

Du dieu de Cythère, etc.

Comme on le voit, dans cette ronde, les dames seules sont invitées à donner des gages d'amour.

LOUP ET LA BERGÈRE (LE). Plusieurs personnes se rangent à la file les unes des autres, et se tiennent par l'habit ou mieux par la taille, en ayant soin qu'une dame se trouve toujours entre deux cavaliers et un cavalier entre deux dames. Un des joueurs, resté hors des rangs, est chargé du rôle de *loup*, et une dame, placée en tête de la file, fait celui de *bergère*. Tous les autres joueurs sont, les hommes les *moutons*, et les dames les *brebis*. Quand le troupeau est convenablement placé, le loup s'avance vers la bergère, et, montrant les brebis, il lui dit : *Je suis le loup, loup, loup, qui les mangera*. Elle lui répond : *Je suis la bergère, gère, gère, qui t'en empêchera*. Là-dessus, le loup s'élance et fait mine de vouloir s'emparer des brebis qui sont à la queue de la file; mais la bergère se jette sur son passage. Tous les joueurs suivent l'impulsion de la bergère : compère le loup en profite habilement, et feint de vouloir passer à gauche; la bergère lui barre le chemin de ce côté, et entraine les brebis à droite. Alors le loup court sur sa proie et la saisit, à moins que les dernières brebis, s'apercevant du péril, ne courent dans un sens opposé, ce qui donne le temps à celle qui le défend de revenir sur le loup. Quand celui-ci est parvenu à s'emparer d'une brebis, il la *croque*, c'est-à-dire qu'il lui donne un baiser et de plus en exige un gage. Si, au lieu d'une brebis c'est un mouton qu'il attrape, il prend le gage seulement : aussi, grand sujet de récrimination pour les dames, qui se plaignent de l'injustice qui les force à payer double. Il arrive souvent qu'au moment où le loup va pour saisir sa proie, il la voit s'échapper, car pour se mettre à l'abri de ses attaques, la brebis n'a besoin que de venir se placer devant la bergère, qui lui cède alors son rang et son pénible emploi. Dans ce cas, le loup donne un gage et redevient mouton en prenant la place d'un autre joueur, qui devient loup à son tour, puis le jeu continue. On voit que la dernière brebis a un très-grand circuit à faire pour éviter le loup et qu'elle est la plus exposée. Ce jeu est on ne peut plus animé, grâce aux mouvements rapides, aux voltes précipitées, aux changements successifs du troupeau, de la bergère et du loup. En **Languedoc** on dit : Jouer à l'oison, *fa à las auquetos;* on dit aussi *à loubet-loubet*. On appelait autrefois ce jeu *jouer à la queue leu-leu*. Autrefois on disait *leux* pour *loups.*

Le marquis de Paulmy observait déjà de son temps que le jeu du mail était absolument passé de mode ; mais que pendant le siècle de Louis XIV les plus grands princes en faisaient leur amusement favori. Il ajoute qu'il y avait une espèce de mail que l'on nommait le *jeu des passes*, et un autre celui des *galeries*.

Il est fâcheux qu'on ait renoncé au jeu de mail ; il était excellent pour la santé.

Dans les *Mille et une nuits*, on lit une espèce d'apologue qui prouve l'estime que les Orientaux font de ce jeu. Il s'agit d'un prince grec, qui n'avait jamais pu se délivrer de sa lèpre, quelques remèdes qu'il eût faits, et qui en guérit par le jeu de mail. Son médecin prit un mail, qu'il creusa en dedans par le manche, où il mit la drogue dont il prétendait se servir. Il accommoda une boule de même, et le lendemain il dit au roi : « Tenez, sire, exercez-vous avec ce mail, et poussez vigoureusement cette boule, jusqu'à ce que vous sentiez votre main et votre corps en sueur. » Cela fait, le remède opéra si bien, que le roi fut guéri de la lèpre.

Il importe beaucoup de choisir ses boules au jeu de mail. On raconte à ce sujet l'anecdote suivante : Un marchand de boules en apporta un gros sac à Aix en Provence. Les joueurs, qui étaient en grand nombre dans cette ville, les achetèrent toutes trente sous la pièce, à la réserve d'une seule qui, étant moins belle que les autres, fut donnée pour quinze sous à un bon joueur, nommé Ber-

MAIL. On appelle *mail* une espèce de maillet ferré qui a un manche de quatre ou cinq pieds de long. La masse du mail est le morceau de bois avec lequel on pousse la boule qui sert à jouer. On appelle aussi *mail* le lieu où l'on joue.

Il y avait autrefois, dans presque toutes les villes, des jeux de mail, ordinairement sur les remparts. Il y a, à Paris, la rue du Mail, et, dans plusieurs villes, la promenade extérieure s'appelle le *mail.*

Le mail de Saint-Germain était un des plus beaux de France. Celui d'Utrecht passait pour le plus beau de l'Europe ; et on prétend que Louis XIV, frappé de la beauté de ce mail, défendit, non pas qu'on y jouât, comme on l'a prétendu dans quelques ouvrages satiriques, mais qu'on y touchât, c'est-à-dire qu'on en prît le terrain pour faire quelques fortifications.

Le jeu du mail tient, parmi les jeux d'exercice, un rang distingué. Il n'est pas moins agréable qu'utile à la santé. On doit s'attacher à le jouer avec grâce, en se mettant aisément sur sa boule, et en donnant au corps une attitude convenable ; cette attitude consiste particulièrement à n'être ni trop droit ni trop courbé, mais médiocrement penché, afin qu'en frappant, on se soutienne par la force des reins.

nard. Elle pesait sept onces deux gros, et était d'un vilain bois à moitié rougeâtre. Elle se trouva néanmoins si excellente, que, quand il avait un grand coup à faire, elle lui faisait toujours gagner la partie. On l'appela la *Bernarde*. Le président de Lamanou, qui l'a eue depuis, en a refusé cent pistoles. Louis Brun, un des plus habiles joueurs de mail qu'il y ait eu en Provence, et qui, dans un jeu uni, sans vent et sans descente, faisait jusqu'à quatre cent cinq pas de longueur, fit une expérience avec la *Bernarde*, qu'il joua plusieurs fois avec six autres boules de même poids et de même grosseur. Son coup était si égal, que les autres boules étaient presque toutes ensemble à un pied ou deux de distance, tandis que la *Bernarde* allait toujours cinquante pas plus loin ; ce qui lui faisait dire qu'avec la *Bernarde* il défierait le diable. La bonté de cette boule consistait sans doute en ce qu'elle était également pesante partout, depuis sa superficie jusqu'à son centre ; tandis que les autres boules, quoique d'un poids égal, étaient plus pesantes d'un côté que d'un autre ; ce qui les faisait aller de travers, par sauts et par bonds, tandis qu'elle roulait uniformément.

MARCHAND D'AMOURS (Le). Ronde que l'on danse sans donner de baisers, et en chantant la chansonnette que voici :

1.

En m'en revenant de Caen,
J'aime le chant du merle blanc :
J'ai rencontré un marchand ;
Légère, légère, légèrement.
Lève le pied, bergère légère.
Lève le pied légèrement.

2.

Que portes-tu là-dedans ?
J'aime le chant du merle blanc ;
Ce sont des amours que je vends
Légère, légère, légèrement.
Lève le pied, etc.

3.

Combien les vends-tu le cent ?
J'aime le chant du merle blanc :
Je les donne aux pauvres gens
Légère, légère, légèrement.
Lève le pied, etc.

4.

Mais aux riches je les vends,
J'aime le chant du merle blanc.
On me paye au bout de l'an,
Légère, légère, légèrement.
Lève le pied, bergère légère,
Lève le pied légèrement.

C'est une espèce d'amphigouri auquel il est difficile de rien comprendre. Le refrain exige que chaque danseur saute légèrement et rapidement, en levant et en avançant les pieds l'un après l'autre au milieu du rond. Pour allonger cette ronde, quand on la trouve amusante, il suffit de la recorder, c'est-à-dire que l'on reprend à chaque couplet les deux derniers vers du précédent.

MARELLE (La). Le jeu de la marelle est en usage chez les Arabes, les Chinois, les Turcs, les Persans, les Russes, etc. Il était également connu des Romains. Voici en quoi il consiste.

Les enfants partagent un carré long en plusieurs cases, qu'ils appellent quelquefois *classes*, par des lignes qu'ils tracent dans l'intérieur avec de la craie ou du charbon. Cette division n'est cependant pas uniforme partout. On tire au sort pour savoir qui jouera le premier. Le joueur favorisé, après avoir jeté un palet ou une pierre dans la première case, y saute à cloche-pied, et du pied sur lequel il se tient pousse ce palet hors de la case. Il le jette ensuite dans la seconde classe, et le fait sortir de la même manière, en repassant par la première. Il peut même le chasser d'un seul coup, pourvu qu'il traverse les deux cases. De là il passe à la troisième, à la quatrième, et ainsi de suite, de manière qu'il ne peut sortir de la dernière case, qui est quelquefois la dixième ou la douzième, qu'en faisant passer sa pierre, et en passant lui-même par toutes les précédentes. S'il marchait sur une ligne, ou si son palet s'y arrêtait, il faudrait qu'il recommençât tout ; mais auparavant, son camarade jouerait avant lui. Quelquefois au milieu des carrés, il y en a un grand divisé en quatre cases par des diagonales, et le joueur peut s'y reposer un instant, en plaçant un pied dans une des cases triangulaires du milieu, et l'autre pied dans la case opposée.

Ce jeu est très-favorable au mouvement du corps, il exerce les muscles des jambes et du jarret, et exige un grand équilibre ; il faut encore avoir le coup d'œil juste en jetant la pierre dans la casse déterminée, et une grande attention pour suivre les règles du jeu. Seulement, il nous semble qu'il serait nécessaire d'établir, comme règle, d'entrer dans la figure en sautant sur la jambe droite, et d'en sortir en sautant sur la jambe gauche, car il est évident qu'en ne sautant que sur la même jambe, on exerce

une influence nuisible sur le corps qui n'a pas encore atteint toute sa croissance.

Le P. Boulanger croit que marelle, *madrella*, vient de *materes*, qui, selon Nonias, signifiait *bâton*. Sisenna dit que les Gaulois combattaient avec de longues piques, appelées *materes*. Le P. Boulanger dit qu'en français *matras* signifiait encore de son temps une *flèche*.

MARIAGES (Les). Jolie petite ronde que connaissent toutes les petites filles, et qui consiste en trois couplets que voici :

1.

Eh ! qui marierons-nous ? Eh ! qui marierons-nous ?
Mademoiselle, ce sera vous :

On désigne une dame, à qui l'on dit :

Entrez dans la danse :

La dame entre dans le milieu du rond ; puis la ronde continue :

J'aimerai qui m'aim'ra, j'aimerai qui m'aime.

2.

Eh ! qui lui donn'rons-nous ? Eh ! qui lui donn'rons-nous ?
Mon beau monsieur, ce sera vous :

On désigne un monsieur, puis on ajoute :

Entrez dans la danse.

Le monsieur entre dans le rond.

J'aimerai qui m'aim'ra, j'aimerai qui m'aime.

3.

Amants, embrassez-vous ; amants, embrassez-vous ;

Le couple s'embrasse.

Embrassez-vous encore un coup.

Le couple ne se le fait pas dire deux fois.

Grâce au jeu d'amourette ;
J'aimerai qui m'aim'ra, j'aimerai qui m'aime.

Dès que le couplet est fini, le couple reprend sa place, et on recommence la ronde pour chacun des couples.

MÉDECIN (Le). A la bonne heure, voilà un médecin aimable, un médecin comme on les voudrait tous, un médecin qui ne vous ordonne que des choses agréables ! Voyez plutôt. Une ronde se forme ; le maître ou la maîtresse de cette ronde remplit le rôle de *médecin*. Ce docteur prend le bras de la personne placée à sa droite, jette sur elle un regard de compassion, lui tâte le pouls, et prescrit ainsi son ordonnance, que tout le monde répète en chantant :

Donne-moi ton bras que je te guérisse,
Car tu m'as l'air malade !
Car tu m'as l'air malade !
Lonla,
Car tu m'as l'air malade !

Puis il lui désigne de l'œil une personne d'un autre sexe, en lui disant :

Embrasse monsieur (ou madame) pour te guérir,
C'est un fort bon remède,
C'est un fort bon remède,
Lonla,
C'est un fort bon remède.

Assurément, et tout le monde sera de l'avis du docteur. Aucune personne de la ronde n'échappe à ce traitement, que le médecin sait rendre piquant par la panacée qu'il met en usage. Quand tous ses malades sont guéris, le docteur passe sa science et sa dignité à la dernière personne qui a éprouvé l'efficacité de son remède, et devient malade à son tour, pour en faire lui-même la douce expérience.

MEUNIÈRE (La). Les petites filles affectionnent beaucoup ce jeu, qui est une espèce de jeu-danse. Deux enfants se placent en face l'un de l'autre en se tenant fortement par la main. D'autres couples se placent de la même manière à quelque distance. Tout le reste de la société se range à l'écart pour les regarder et pour les remplacer bientôt. Quand ces dispositions sont faites, chaque couple se met à sauter en chantant sur l'air de la meunière :

> La meunière est bien malade,
> Son moulin ne vire pas.

Puis on se tient les mains le plus fortement qu'on peut; on rapproche les pieds de telle sorte que leur pointe se touche; on étend les bras, on se jette en arrière, et dans cette position on tourne avec la plus grande rapidité, en commençant à dire :

> Vire, vire, vire, vire, vire, vire,
> Vire là. . . . .

Mais c'est à peine s'il vous est donné de prononcer ces derniers mots, et les spectateurs les répètent jusqu'à ce que la fatigue ait contraint ceux qui tournent de cesser. Alors, après *vire là*, on reprend : *La meunière du moulin bas.* En tournant, dès qu'on se sent un peu faiblir, il faut s'arrêter; car si malheureusement, dans la rapidité du mouvement, on venait à lâcher les mains, on pourrait être jeté au loin et se tuer sur le coup. Lorsque les joueurs, dit madame Celnart, ont une certaine habitude, qu'ils sont de force égale, et qu'il y a plusieurs couples qui tournent simultanément, ce jeu produit un très-joli coup d'œil. Le mouvement précipité de rotation que les joueurs se donnent agite fortement l'air, et fait que leurs habits lancés en arrière produisent un certain ronflement pareil au bruit des ailes d'un moulin agitées par le vent.

MOITIÉ (La). A coup sûr, cette ronde a été inventée par un accapareur de baisers. En effet, dès que le rond est formé, tout le monde saute et danse en chantant le couplet suivant :

> Il est arrivé querelle,
> Parmi les bergers des champs,
> Entre l'aimable Isabelle
> Et Tircis son jeune amant.
> Ils ont fait la paix ensemble
> Par un baiser d'amitié.
> Monsieur (ou madame), faites-en de même;
> Moi, j'en retiens la moitié.

Ainsi que cela se pratique dans la plupart des rondes, ce couplet se répète pour chaque danseur ou danseuse, qui doit embrasser son voisin de droite sur les deux joues, et sur une seulement la personne placée à sa gauche. Le maître de la ronde se trouve ainsi recueillir un grand nombre de baisers. Il est vrai qu'on peut éviter cet accaparement en établissant un maître ambulant, c'est-à-dire en donnant la *moitié* au danseur qui précède un nouveau couple distributeur de baisers. Ce conseil, nous n'en doutons pas, sera suivi par tous les amis de l'égalité.

MOURRE. Jeu si célèbre en Italie, et qui s'accorde si bien avec la vivacité des mouvements des peuples méridionaux. On le joue en levant une certaine quantité de doigts à son adversaire, qui doit aussitôt lever le même nombre de doigts. Quelquefois on se contente de dire *quatre*, par exemple, et tous les autres joueurs doivent sur-le-champ lever quatre doigts. Si ceux-ci se trompent et n'en lèvent, qui deux, qui trois, etc., ils perdent la partie. D'autres fois, enfin, on ouvre la main : puis on la referme, en montrant un nombre de doigts levés, et il faut deviner si ce nombre est pair ou impair. Il n'est question que de juger vite et juste.

On attribue l'invention de la mourre à la belle Hélène, qui jouait, dit-on, à ce jeu contre Pâris, et le gagnait souvent. Il est, du moins, certain que les Grecs le connaissaient, et qu'il passa d'eux aux Romains. Quand ceux-ci voulaient peindre un homme de la plus exacte probité, ils disaient : *Dignus est ut cum eo in tenebris mices*, « il est si homme de bien, que vous pouvez jouer à la mourre avec lui dans les ténèbres. »

Les statuts de l'ordre du Cordon jaune, institué par le duc de Nevers au commencement du dix-septième siècle, et qui n'a pas été maintenu, recommandent aux chevaliers de jouer souvent à la mourre; ce qui prouve que ce jeu était alors en vogue parmi la noblesse française.

Polydore Vergile ou Virgile appelle ce jeu un jeu de fous, et dérive son nom du grec *moros*, fou, ou *moria*, folie; mais les enfants répondront avec Horace : *Dulce est desipere in loco.*

Sur la fin du siècle de Louis XIV, ce jeu était relégué dans l'antichambre, et l'on voit, dans une pièce du comédien Baron, des pages et des laquais y jouer.

NOIX Le jeu de . En breton : *c'hoari poullik* (jouer à la fossette). A cette porte en ogive surmontée d'un élégant panache de granit, à ces niches veuves de leurs saints, qui ont disparu sous le marteau révolutionnaire, mais ont laissé après eux comme une auréole de gloire dans ces ornements en kersanton si légers et si gracieux, vous reconnaîtrez facilement les abords d'une de ces églises bretonnes qui, souvent, au milieu du site le plus sauvage, viennent vous frapper d'admiration, et y attireraient le culte de l'artiste autant que celui du fidèle, si elles étaient aussi connues qu'elles méritent de l'être. C'est là que, les dimanches et jours de fêtes, les enfants du village, à l'issue des vêpres ou après le catéchisme, se donnent rendez-vous et établissent leur quartier général. Vous les voyez disposés en deux groupes qu'absorbe également l'amour des jeux de leur âge. Le premier, formé de garçons, fait une partie de galoche. (Voyez ce mot.) L'autre groupe, presque entièrement composé de filles, s'amuse à jouer aux noix. Point de mire de l'attention des autres, l'une d'elles, placée à la distance convenue, et les deux mains remplies, se dispose à lancer les noix vers un trou ou fossette appelée *poullik*, d'où le jeu a pris son nom.

Le jeu de noix, qui s'appelle aussi en celtique *c'hoari kraoun*, est un amusement qu'aiment beaucoup nos jeunes paysannes. Pour y jouer, elles creusent dans la terre un trou d'environ trois pouces de diamètre sur autant de profondeur. A une certaine distance de cette fossette, elles tracent une ligne et y posent une pierre qui sert de borne et se nomme *pal*. La première qui joue annonce le nombre de noix qu'elle met au jeu, et les autres le doublent, c'est-à-dire que, si elle en met dix et qu'elle ait cinq compagnes, chacune de ces dernières lui donne deux noix. Ces vingt noix réunies dans la paume de la main ou des deux mains, lorsqu'une seule ne peut les contenir, la joueuse se place près du *pal*, et, le corps penché en avant pour rapprocher d'autant les distances, lance les noix vers le *poullik*. Si le nombre qui y tombe est pair, elle a gagné et continue de faire la chouette à ses partenaires; si le nombre est impair, elle a perdu et cède sa place à une autre. Il est à remarquer qu'à quelque jeu que ce soit, jamais les jeunes filles bretonnes ne jouent d'argent; leurs enjeux ne sont composés que de noix, d'épingles ou de coquillages.

Avant l'âge de puberté, le jeu de noix est rarement joué en commun par les deux sexes Mais alors on voit souvent des garçons de seize à dix-huit ans se faufiler dans une partie de noix qu'ont formée des filles du même âge. Ils y sont poussés par la nature, non pas malgré eux, mais sans qu'ils sachent quel penchant les entraine. Bientôt une sorte d'instinct leur conseille, comme un moyen de faire leur cour et de plaire, d'être malheureux à ce jeu et de perdre gaiement leurs mises. Il en est peu qui manquent à cette perte volontaire, dont l'amour fait son profit. C'est un nouveau chapitre ajouté, dans l'Armorique, à l'art d'aimer; cependant on n'y connait guère Ovide ni Gentil Bernard (1).

OLIVÉ BEAUVÉ. Que faire dans un jardin, dans un parc, dans un bois, dans une cour, quand on est nombreux? Ne faut-il pas que l'on s'amuse? Tous les moyens sont bons, pourvu que l'on se divertisse. Voici un petit jeu, commun aux deux sexes, et qui, par conséquent, ne manquera pas de leur plaire. Ne servit-il qu'à varier leurs plaisirs, c'en est assez pour ne pas le rejeter. Donc, la société réunie, on tire au sort à qui fera *Olivé Beauvé* et *la voisine*. Dès que le sort a prononcé et que ces deux personnages sont élus, tous les autres joueurs deviennent les filles d'Olivé Beauvé. Celle-ci, nouvelle mère Gigogne, se place, avec deux de ses filles qu'elle tient par la main, sur une ligne droite. Ces deux premières filles donnent la main à leurs sœurs, leurs sœurs à d'autres, et ainsi de suite, de telle sorte que toutes forment une longue chaine sur la même ligne. Celle qui remplit le rôle de la *voisine* se tient en face, à une assez grande distance; mais, quand toute la chaine est formée, elle s'avance directement vers Olivé Beauvé, en dansant, et lui adresse les paroles suivantes :

(1) V. *Breiz-Izel,* ou Vie des Bretons de l'Armorique, par MM. Perrin et Bouët.

Que tu as de jolies filles!
Olivé Beauvé.
Que tu as de jolies filles!
Sur le pont-chevalier.

Olivé Beauvé ne parait pas se piquer beaucoup de politesse, car elle lui répond :

Elles sont plus jolies que les tiennes,
Olivé Beauvé.
Elles sont plus jolies que les tiennes,
Sur le pont-chevalier.

La voisine ne se laisse pourtant pas déconcerter; elle reprend :

Veux-tu bien m'en donner une,
Olivé Beauvé?
Veux-tu bien m'en donner une,
Sur le pont-chevalier?

Olivé Beauvé consent, mais à une condition

Je la donne, si tu l'attrapes,
Olivé Beauvé,
Je la donne si tu l'attrapes
Sur le pont-chevalier.

La voisine, acceptant le défi, s'élance aussitôt pour saisir une des filles d'Olivé Beauvé; mais, comme elle n'a de prise que sur les deux personnes qui forment les extrémités de la chaine, Olivé Beauvé et ses filles placées auprès d'elle s'avancent vers la voisine, tandis que les deux bouts de la chaine tournent par derrière en courant. La voisine se précipite de ce côté; mais les deux bouts reviennent par devant. Néanmoins elle ne tarde pas à saisir une des filles d'Olivé Beauvé, et l'emmène avec elle. Le jeu n'en continue pas moins, jusqu'à ce que la voisine ait accaparé tous les enfants d'Olivé Beauvé, dont elle prend le nom et la place. Celle-ci, à son tour, succède à la voisine, dont elle fait les fonctions. Dès qu'elle a recouvré ses filles, on élit parmi celles-ci une nouvelle Olivé Beauvé et une nouvelle voisine. Ce jeu est-il amusant? c'est ce que vous nous direz après y avoir joué.

ON VOUS EN RATISSE, TISSE. Dans les jeux, comme en tout, il est bon de *passer du grave au doux, du plaisant au sévère*. Aussi recommandons-nous cette ronde, que nous trouvons dans un recueil connu. C'est une ronde raisonnable, où l'on se contente de danser en rond, en s'accompagnant d'une chanson dont l'air est vif et gai, et dont l'agréable refrain offre ces répétitions populaires qui excitent l'enjouement. Point de baisers, point de passes, point d'imitations burlesques : tout l'agrément nait de la chanson même, dans laquelle on ne tolère ni négligence de style, ni absence d'idées, ni pathos, ni trivialités. Des plaisanteries fines, dit madame Celnart, un cadre ingénieux, des saillies piquantes, des détails remplis d'une gracieuse naïveté, telles sont les conditions obligées de ces rondes. C'est assez dire que ces sortes de rondes sont fort rares. En voici une qui, à défaut d'autre, pourra donner une idée des rondes raisonnables :

1.

Vous qui convoitez un cœur,
Et qui briguez sa faveur,
Profitez du temps propice;
Car bientôt l'on vous dira :
On vous en ratisse, tisse,
On vous en ratissera.

Au refrain les danseurs se quittent la main et imitent l'action de ratisser; puis ils se remettent en rond en finissant le dernier vers.

2.

Vous qui croyez qu'un amant
Doit être toujours constant,
Vous êtes encor novice,
Bientôt on vous l'apprendra;
On vous en ratisse, tisse, etc.

3.

Maris qui vous absentez,
Et qui bonnement comptez
Que sur la femme d'Ulysse
La vôtre se réglera ;
On vous en ratisse, tisse, etc

4.

Vous qui pensez qu'un époux,
Ne respirant que pour vous,
Comme celui d'Eurydice,
Jusqu'aux enfers vous suivra,
On vous en ratisse, tisse, etc.

5.

Dans les rondes très-souvent
On finit en s'embrassant :
Mais, voyez donc la malice,
Ces dames disent déjà :
On vous en ratisse, tisse,
On vous en ratissera.

ORANGE (Le jeu de l'). C'est un jeu dont nous trouvons le dessin dans un livre de prières du quatorzième siècle. On suspendait à une corde un fruit que l'on devait saisir avec la bouche, en tenant les mains baissées. Ce fruit était ordinairement une orange, une pomme ou une cerise : la mobilité de la corde jusqu'à la hauteur du sommet de la tête, ne permettait pas d'atteindre facilement le fruit avec les lèvres ou les dents. Ce jeu, dit Arbuthnot, enseigne à la fois deux nobles vertus : la persévérance pour parvenir au but, et, après l'insuccès, la résignation.

OSEILLE (L'). Voilà une des plus jolies rondes, une ronde où les baisers ne manquent pas et viennent s'offrir pour ainsi dire d'eux-mêmes aux trop heureux danseurs. Qui ne la connaît et surtout qui ne l'a dansée ! Oh ! ce sont là les vrais beaux jours, les jours que par la suite on ne fait plus que regretter. Mais n'oublions pas la ronde. Le cercle formé, tout le monde se met à chanter, en sautant et en tournant, la petite chansonnette suivante :

L'autre jour plantant d' l'oseille,
J'ai rencontré mon berger,
Qui m'a dit bas à l'oreille :
Je voudrais vous embrasser.

Ah ! vraiment la drôl' de mode !
Ce berger-là n'est point sot.
Il nous apprend la méthode
De nous aimer comme il faut

Ici on s'adresse à la personne qui tient la main droite du chef de ronde, et on lui dit :

Madame, entrez dans la danse :
Regardez-en la cadence,
Et puis vous embrasserez
Celui que vous aimerez.

Là-dessus, la personne ainsi invitée, et qui, aux premiers mots, est entrée dans le rond, va présenter sa joue à un des danseurs ; elle passe ensuite à la gauche du maître, et on répète le couplet. Après le tour des dames, vient celui des messieurs ; mais alors on fait un petit changement au couplet, on dit : *Monsieur, entrez dans la danse*, etc., *et embrassez celle que vous aimerez.* Charmante invitation ! et comme on s'empresse d'y répondre !

OSSELETS. Le jeu des osselets paraît remonter à la plus haute antiquité. Il est vrai qu'il n'est guère de jeu plus simple dans son objet, plus facile dans son exécution, et qui présente un attrait aussi varié. De petits os, en voilà les instruments, et ces petits os ne sont pas rares, puisqu'ils proviennent des moutons. On en vend aussi en ivoire sculpté, en ébène, et autres matières semblables, luxe tout à fait inutile, car on joue tout aussi bien avec les uns qu'avec les autres. L'osselet a quatre faces, deux larges, dont la première est convexe et arrondie, et qu'on appelle *dos* ; l'autre est creusée et s'appelle *creux* ; les

deux faces plus étroites se nomment *plats*. Les osselets n'étaient d'abord chez les Grecs que des jeux d'enfants : aussi Phraates, roi des Parthes, envoya des osselets d'or à Démétrius, roi de Syrie, pour lui reprocher sa légèreté et son enfantillage. Dans la suite, les osselets, ainsi que les dés, furent employés par quelques oracles, comme par celui d'Hercule en Achaïe, pour annoncer l'avenir.

Richelet explique ce jeu de la manière suivante : « Il faut, dit-il, avoir quatre osselets et une petite boule, et cela suffit pour composer ce jeu, où il n'y a que les petites filles qui jouent. On jette avec la main la petite boule d'ivoire, environ à la hauteur d'une personne, et on prend adroitement un des osselets, lorsque la petite boule est tombée à terre, et fait un bond. »

Le P. Boulanger dit que les jeunes filles de son temps, en 1627, s'amusaient à jeter des petites boules de verre, et qu'elles tâchaient de les recevoir dans la main, sans qu'elles tombassent sur la table ou par terre.

Ce jeu ne se joue plus ainsi, ou du moins il ne se joue point partout de même. Le plus ordinairement, on met plusieurs osselets sur une table ; le joueur en prend un,

le jette en l'air, et le reçoit sur le dos de sa main ; ensuite il en prend deux, puis trois, qu'il jette et reçoit de la même manière. On sent que ce jeu devient difficile, lorsqu'il y en a un grand nombre. Si on en laisse tomber un, un autre joueur joue à la place du premier. Quelquefois, tandis qu'un des osselets est en l'air, on ramasse dans sa main un, deux, trois, etc., de ceux qui sont sur la table, ce qu'il faut faire assez vite pour recevoir dans sa main celui qui est en l'air, et le joindre à ceux qu'on a déjà dans la main.

Une autre manière de jouer consiste à mettre les osselets sur leur dos. Pendant qu'un osselet est jeté en l'air, on répand les autres sur la table, on lance ensuite ce même osselet, et l'on retourne un à un sur le dos tous ceux qui présentent une autre face. Si l'on a touché un osselet sans le mettre dans cette situation, le coup est manqué. Le coup est également manqué si l'osselet lancé en l'air retombe à terre ou sur la table, sans qu'on le retienne. Après avoir mis les osselets sur le dos, on peut ensuite jouer à les mettre sur les creux et les plats.

A Caen, le jeu des osselets s'appelle *mâtres*, *martes* ou *martres*. Rabelais dit aussi jouer *aux martres*, et son commentateur dit que c'est jouer avec de petites pierres rondes qu'on jette en l'air comme des osselets. En Anjou, on dit jouer *aux pingres*.

Il paraît que les Romains jouaient aussi à ce jeu avec des noix. Le P. Boulanger dit qu'on appelle *ocellata* des noix rondes comme de petits yeux, *orelli*. Suétone rapporte qu'Auguste y jouait avec des enfants. Apollonius, de Rhodes fait jouer aux osselets Cupidon et Ganymède, et le prix de la victoire était les astragales mêmes avec lesquels ils jouaient. Il représente Ganymède triste, n'en ayant plus que deux de reste; tandis que Cupidon, vainqueur, en avait plein ses mains et les replis de sa robe. Cupidon, quoique ayant tout l'avantage, quitte cependant le jeu sur l'espérance que lui donne Vénus, sa mère, de lui faire présent d'une belle balle, la même que Jupiter avait reçue de sa nourrice Adrastée, et dont ce dieu avait fait les plus doux amusements de son enfance dans l'île de Crète, pourvu que, de son côté, son fils lui accorde la grâce qu'elle vient de lui demander en faveur de Junon et de Minerve.

Les Orientaux jouent aussi avec des osselets. A Constantinople, la manière la plus ordinaire d'y jouer s'appelle *tabäutcha ojuni*. Dans un cercle d'un demi-pied de diamètre, chaque joueur en met un certain nombre; autour de ce premier cercle, on en trace un second de dix pieds de diamètre; les joueurs se placent hors de ce second cercle; chacun lance tour à tour son osselet contre le tas; et, pour gagner quelques-uns de ceux qui y sont, il ne suffit pas de les avoir touchés et renversés, il faut encore les avoir fait sortir du grand cercle. Si on en gagnait un, et qu'en même temps on en eût renversé d'autres, on continuerait de jouer. On peut se placer où l'on veut, se pencher, etc. Il est plus avantageux de rouler tout doucement son osselet contre celui qu'on attaque. Si on le touche, on peut s'approcher du sien, et le lancer alors de toutes ses forces contre l'autre pour le faire sortir du cercle. Il est incroyable avec quelle force ils les lancent en les plaçant entre le pouce et l'index. Hyde dit qu'il a vu de ces osselets, ainsi lancés, qui auraient pu tuer un homme s'ils l'eussent atteint à la poitrine.

On joue aussi aux osselets en Russie. En général, les jeux particuliers aux Russes de la classe du peuple sont plus favorables au développement du corps qu'à celui de l'esprit, et demandent moins de pénétration que d'adresse et d'agilité. Ils sont tous d'une simplicité extrême; il est vrai que la police n'en tolère pas d'autres. Quand un étranger parcourt les rues et les places de Saint-Pétersbourg, et surtout ces magnifiques quais de granit, revêtus de balustres d'un beau travail, et joints par des ponts d'une construction élégante, il rencontre des troupes joyeuses de jeunes garçons, s'exerçant à quelque jeu et entourés d'un cercle d'oisifs. Cet amusement ordinaire de la jeunesse russe n'a aucun rapport avec celui auquel les spirituels Athéniens avaient donné le même nom. Chez ces derniers, les chances du jeu dépendaient uniquement du hasard; chez les Russes, le succès dépend de l'adresse du joueur. Ici un jeune homme placé vis-à-vis des osselets ou *babkis*, se dispose à les atteindre, en lançant un os plus gros que les autres, et distingué par le nom de *bitox*. Derrière lui un pauvre manœuvre brûle d'impatience d'entrer en lice, et de se mesurer avec son adversaire. Ce spectacle arrête les passants. Un badaud en livrée et un kuretnik ou marchand de volaille, portant sur le dos un panier de coqs de bruyère et de gélinottes, oublient leurs affaires, et suivent le jeu, en juges expérimentés. Derrière ce groupe, un apprenti s'érige en maître de babki; pour rendre ses leçons plus sensibles, il a jeté deux bitox; celui qui se trouve renversé sur le dos est appelé *schog*; on désigne par le nom de *bogh* celui qui est couché de côté. Ce petit écolier qui écoute avidement s'instruira sans doute plus vite à cette école des règles du babki, qu'il n'apprendra dans son catéchisme les douze articles de foi du symbole de Nicée. Il semble proposer à son maître une question importante, et il a réveillé l'attention assoupie du gros manant qui l'écoute.

Peut-être quelques-uns de nos jeunes lecteurs désirent connaître les règles de ce jeu, qu'on retrouve usité dans plusieurs autres pays, avec quelques variations. Les joueurs débutent par lancer au loin leurs bitox. Celui dont le bitox a franchi le plus grand espace a l'avantage du pas, et, successivement, ceux qui ont jeté le plus loin leurs bitox ont la préséance sur les autres. En cas de parité, le schog l'emporte sur le bogh. Le rang entre les joueurs ainsi réglé, chacun place pour enjeu deux gnesdi, c'est-à-dire deux paires de babki, et jette deux fois son bitox contre ce but. Manque-t-il à toucher, il perd un gnesdi; n'atteint-t-il qu'un osselet, il retire également celui qui reste, une paire ne devant jamais être séparée. Le plus heureux, ou plutôt le plus adroit qui retire le premier son enjeu, pose son bitox, et devient *damaschka*, c'est-à-dire qu'il ne joue plus dans cette partie, et qu'il retire tous les gnesdi restés debout; les perdants rachètent leurs osselets contre le prix convenu, puis les acteurs rentrent en lice et mesurent de nouveau leur adresse.

PALET (Jeu du). Si quelque exercice moderne peut nous donner une idée du disque ancien, c'est sans doute le jeu du palet, qui en est emprunté, et qui en a les avantages, sans en offrir les inconvénients. Joueurs et spectateurs, tout le monde peut s'y récréer à la fois. Il demande peu d'apprêts, et exerce sans fatiguer : aussi est-il adopté par tous les âges. On y joue plusieurs personnes à la fois, avec une pierre assez grande, plate et ronde, ou un morceau de cuivre ou de fer. Comme la priorité est quelque chose dans ce jeu, on décide les rangs de la manière suivante : On jette une pièce de monnaie ou son palet même vers un but donné : le plus près est le *preu* ou premier; les autres ont leur rang en raison du plus ou moins de proximité du but, et le plus éloigné est le dernier et celui qui met le but. Cet ordre des rangs une fois fixé s'observe scrupuleusement pendant toute la partie. Chacun des joueurs met la pièce de monnaie sur une pierre, dont le nom varie suivant les lieux et que nous nommerons *brique*, et chacun joue à son tour. Il faut, pour gagner, renverser la brique avec son palet; elle tombe avec les pièces de monnaie, et celles qui se trouvent le plus près du palet du joueur ou de ceux qui ont été joués avant lui, appartiennent à ces palets. Si toutes les pièces n'ont point été renversées de la brique, on les y remet, règle qui s'observe, quand le vent ou tout autre accident les a fait tomber. Quand deux palets se touchent, ils *brûlent*; il ne valent plus et on les relève. Quand l'un des deux touche à la brique, on ne les relève point; mais si le joueur dont le palet touche à la brique est à jouer avant l'autre, celui-ci avance son palet à la place du premier. On perd son coup lorsqu'on joue avant son tour; cette règle est de rigueur, le jeu pouvant être découvert alors, et les pièces plus aisées à gagner.

PALET (Le petit). Le petit palet est plus varié et plus agréable encore que celui que nous venons de décrire dans l'article précédent. Il se joue avec des pièces de monnaie, avec des morceaux de fer, de cuivre ou de plomb aplatis. Le but est fixe ou courant. Ce dernier est d'autant plus amusant, qu'il joint au plaisir du jeu les agréments de la promenade ; il est même d'un avantage plus égal pour tous les joueurs. Chacun ayant en effet un jeu différent, et une certaine portée où il joue mieux qu'à une distance plus ou moins grande, il peut jeter le but dans cette portée, quand il a gagné le coup. Ce but, quand il l'a jeté, peut lui servir de règle pour mesurer son coup, qu'il joue immédiatement après. L'habitude et le juste mouvement du bras dépendant moins d'une action fréquente et mécanique que d'une considération réfléchie de l'effet qu'a produit cette action, il est évident que, plus cet effet se trouvera rapproché de sa course, plus il sera facile à apprécier.

Pour jouer au clou, on plante un clou sur une table, sur un coffre, etc.; le coup est gagné par celui des joueurs qui approche le plus du clou avec son palet. Cette manière de jouer au palet est difficile et exige singulièrement d'adresse.

Mais voici quelque chose de plus difficile encore; c'est le jeu de palet sur le bord d'une table. Il s'agit de mettre le plus près du bord qu'il est possible, sans jeter son petit palet à terre. C'est en quoi consiste la difficulté et par conséquent le mérite.

On nous permettra de citer ici la fable de Richer.

LE JEU DU PALET.

Certain palet adroitement lancé,
Part comme un trait, et le voilà placé
   Près du but. La place était bonne ;
   Il n'y craignait, dit-on, personne ;
Quand soudain par un autre il se voit repoussé.
Un troisième à son tour donne au second la chasse.
Un quatrième part et celui-ci se place
   Sur le but même. Il a gagné !

Même cas tous les jours arrive chez les hommes,
   Nous courons tous tant que nous sommes
   Vers certain but plus ou moins éloigné.
Tel qui l'atteint d'abord est supplanté sur l'heure :
C'est souvent au dernier que la place demeure.

PANTINS. En 1756, le jeu des pantins fut en France et surtout à Paris une véritable fureur : chacun avait son pantin dans sa poche, et l'on s'en amusait dans les salons, dans les spectacles et dans les promenades.

On fit à cette occasion plusieurs chansons ; le refrain ordinaire était : *Tout homme est un pantin.* On voulait dire par là que comme ces petites figures se mettaient en mouvement lorsqu'on en tirait le fil, de même il n'y avait pas d'homme que l'on ne pût mettre en jeu, si on parvenait à toucher sa passion dominante, son goût particulier.

   Que Pantin serait heureux
   S'il avait l'art de vous plaire

Ces deux vers sont le commencement d'une chanson très-connue, faite sur les pantins.

L'auteur d'un poëme anonyme sur le luxe, publié en 1782, fixe la mode des pantins à 1750. Il prétend qu'un règlement de police proscrivit ce joujou, « parce que les femmes, vivement impressionnées par le spectacle continuel de ces petites figures, étaient exposées à mettre au monde des enfants à membres disloqués, des enfants pantins. »

Les modistes, les ouvrières, habillaient les dames à la *pantin*.

D'Alembert définit les pantins, « de petites figures peintes sur du carton qui, par le moyen de petits fils que l'on tire, font de petites contorsions propres à amuser les enfants... La postérité, ajoute-t-il, aura peine à croire qu'en France des personnes d'un âge mûr aient pu, dans un accès de vertige assez long, s'occuper de ces jouets ridicules, et les rechercher avec un empressement que dans d'autres pays on pardonnerait à peine à l'âge le plus tendre. »

À la cour, à la ville, on voyait jusqu'à des vieillards tirer de temps à autre des pantins pour les faire danser d'une main tremblante.

Ces amusements fourniraient un ample sujet de réflexions sur la nullité morale d'une partie des hautes classes à cette époque, et sur les misères qui remplissaient leurs loisirs. Nos patriciens parfilaient, faisaient de la tapisserie, jouaient au pantin, tandis que le peuple se faisait homme.

PAUME. Il y a plusieurs jeux de paume. La longue paume se joue ordinairement en plein champ ; on y joue avec des battoirs : c'est un instrument rond ou ovale ou carré par un bout, garni d'un long manche, et recouvert d'un parchemin fort dur.

La courte paume se joue avec des raquettes, dans un lieu construit et disposé pour cet effet avec galeries, et qu'on appelait autrefois *tripot*.

Dans les commencements, on jouait de la main, et, pour se faire moins de mal, on la garnissait d'un gant élastique. On imagina ensuite de tendre sur le gant de petites cordes également élastiques ; et, comme l'industrie se perfectionne promptement, de là vint la raquette, puis le battoir. Mais la raquette ne fut inventée que vers le milieu du quinzième siècle.

Le père la Sante, jésuite, a composé une pièce de vers latine sur l'origine de la paume ou de la balle, qu'on appelle en latin *pila*. « Quand Oreste, dit-il, tua sa mère, cette malheureuse princesse, apercevant Pylade, s'écria : *O Pylade! Pylade!* Mais Oreste furieux la saisit pour l'écraser contre une colonne voisine, avant que Pylade arrivât à son secours. Tout à coup elle se trouve changée, sous sa main, en une balle, qu'il lance contre la colonne, et qui revient sur lui. Ce prodige et l'invocation de Clytemnestre à Pylade, firent donner le nom de *pila* à cette balle. On aurait peut-être pu trouver une origine plus ingénieuse. »

Le jeu de la paume et de l'arbalète étaient des exercices très-propres à former les jeunes gens aux fatigues de la guerre. Plusieurs ordonnances de nos rois les leur recommandaient : « Voulons, dit Charles V en 1369, que nos sujets apprennent et s'exercent au fait de trait d'arc ou arbalète en beaux lieux et places convenables ; pour ce fassent leur don de prix au mieux traiant, ainsi que fêtes et joie si comme bon leur semblera. »

On ne saurait douter que le jeu de paume ne remonte à la plus haute antiquité, puisqu'on en trouve une description dans l'*Odyssée* d'Homère. Lorsque la belle Nausicaa, fille du roi des Phéaciens, a fini de laver les robes de sa famille, elle relève son voile, dit le chantre d'Ulysse, et ses compagnes l'imitant, elles lancent en l'air une balle qu'elles s'envoient et se renvoient avec une merveilleuse adresse ; chacune d'elles s'étudie à développer sa force et son agilité aux yeux du roi d'Ithaque, qui prend loisir à contempler leurs aimables jeux. Le jeu de paume a toujours passé pour un exercice très-salutaire. Plaute, Martial, Cicéron, et plusieurs autres auteurs de l'ancienne Rome en font mention. On y voit même que les boules ou balles dont on se servait recevaient différents noms. Pline décrivant la manière de vivre de Spurina, remarque qu'à certaine heure du jour il jouait à la paume, longtemps et violemment, opposant ainsi ce genre d'exercice à la pesanteur de la vieillesse. La paume passa des Grecs chez les Romains, des Romains chez les Gaulois, des Gaulois chez les Francs.

Sous François Ier, les exercices du corps en usage étaient ceux de la paume, du ballon, de l'arbalète, etc., et, quoiqu'ils fussent communs à tous les ordres de citoyens, les princes, les grands seigneurs, les rois eux-mêmes, ne se les refusaient pas. Ces exercices provoquaient de fortes transpirations qu'on était dans l'habitude d'apaiser par l'usage de quelques liqueurs qu'on appelait des *rafraîchissements*.

En 1305, Louis X, surnommé le Hutin, s'étant extraordinairement échauffé au jeu de paume, dans le bois de Vincennes, se retira, sans rien prendre, dans une grotte voisine, où il fut saisi d'un froid qui lui glaça le sang, et lui donna la mort.

Quand le bon et malheureux Charles VI fut tombé en

démence, on le ramena à Paris, et de là à Creil-sur-Oise, et l'on fit à la fenêtre de sa chambre un balcon entouré d'une rampe de fer très-élevée, d'où il pouvait voir jouer à la longue paume dans les fossés du château.

Un moine jouant un jour avec François Ier, contre plusieurs seigneurs de la cour, fit un coup si adroit, qu'il fit gagner la partie au prince. Le roi lui dit : « Voilà un coup de moine ! — Sire, ce sera un coup d'abbé quand Votre Majesté voudra ; » et François Ier lui donna la premier abbaye vacante.

Henri II se plaisait singulièrement au même exercice, mais il se réservait toujours le poste le plus difficile et le plus périlleux. Le duc de Nemours s'y était acquis une si grande réputation, qu'il avait donné son nom à quelques coups particuliers, qu'on appelait les *revers de M. de Nemours*.

Les gens de lettres et les savants eux-mêmes ne s'interdisaient pas l'exercice de la paume. Le cardinal Bembo, dans une de ses lettres, félicite un de ses amis de quitter quelquefois l'étude pour se livrer au jeu de la paume et à d'autres exercices du corps avant son dîner. Il assure qu'il préférerait ces divertissements à toutes les dignités de Rome.

Le prince de Condé (et non le duc d'Orléans, comme on l'a dit dans quelques ouvrages), étant encore jeune, entra un jour dans un jeu de paume, où le meilleur joueur, qui était un jeune avocat, fit la partie de Son Altesse. Le jeu fini, le prince se retira dans un salon, et fit venir quelques

Un jeu de paume sous Henri III.

rafraîchissements. Ne faisant point attention que celui qui avait joué avec lui pouvait aussi avoir l'honneur de s'asseoir à sa table, il crut faire merveille de lui envoyer par un petit valet de pied... un écu : « Mon ami, dit l'avocat, je suis très-honoré du présent que le prince veut bien me faire, et je le conserverai précieusement. Tenez, ajouta-t-il en tirant un louis de sa poche, voilà pour vous. » L'enfant étonné raconte ce qui venait de se passer au prince, qui est encore plus surpris, et qui, en arrivant à son palais, n'a rien de plus pressé que d'en faire part à son oncle : « Mon neveu, lui dit ce dernier, cela vous étonne? voulez-vous savoir ce que cela signifie? c'est que l'avocat a fait le prince du sang, et que le prince du sang a fait l'avocat. »

Il fut un temps où le jeu de paume était en vogue ; c'était le divertissement des grands seigneurs, à l'époque où il y avait des grands seigneurs, et comme la ville imitait la cour, on comptait à Paris, à Versailles, et dans toutes les grandes villes, plusieurs établissements consacrés à ce salutaire exercice. Le jeu de paume de Versailles (rue Saint-François) est devenu célèbre dans l'histoire, à cause de la séance du tiers-état, qui y eut lieu le 20 juin 1789, et où les députés de cet ordre, sous la présidence de Bailly, prêtèrent le fameux serment de ne se séparer qu'après avoir donné une constitution à la France. En 1820, il y avait encore quatre jeux de paume à Paris ; la prédilection du duc de Berry pour le jeu de paume l'avait presque remis à la mode dans une certaine classe de la société. Depuis la mort de ce prince, ces établissements sont tombés. Aujourd'hui la paume ne se joue guère qu'en plein air sur une place disposée à cet effet aux Champs-Élysées; on se sert en général de la raquette pour renvoyer la balle. Des parties à la main nue ou armée de gants sont quelquefois organisées par des Basques et des

Picards, qui aiment à faire revivre dans la capitale les souvenirs de leur pays.

PELOTE. C'est un jeu d'exercice chez les sauvages du Canada. La pelote est une balle grosse comme les deux poings, et les raquettes dont ils se servent sont à peu près faites comme les nôtres, si ce n'est que le manche a trois pieds de longueur. Les sauvages, qui y jouent ordinairement trois ou quatre cents à la fois, plantent deux piquets, à cinq ou six cents pas l'un de l'autre; ensuite ils se partagent en deux troupes; ils jettent la pelote en l'air, à moitié chemin des deux piquets; alors chaque bande tâche de la pousser jusqu'à son piquet. Les uns courent à la balle, et les autres se tiennent à droite et à gauche, à l'écart, pour être à portée d'accourir où elle retombera. Ils sont tellement animés à ce jeu, que très-souvent ils s'écorchent et se meurtrissent les jambes avec leurs raquettes, pour tâcher d'enlever cette balle.

On doit croire que les enfants jouent aussi à ce jeu, mais en petit et à leur manière. Dans ce jeu, comme dans tous les autres, il peut s'élever quelques disputes; mais rien n'est plus surprenant que la manière dont elles se terminent. Les deux enfants se tiennent à trois ou quatre pas l'un de l'autre, et, après s'être un peu échauffés, ils se disent : « Tu n'as point d'esprit; tu es un méchant; tu as le cœur gâté. » Cependant leurs camarades les enferment comme dans un cercle, et écoutent tranquillement, sans prendre aucun parti. Si l'affaire s'accommode, on retourne au jeu; si elle s'anime, et que les deux champions soient sur le point d'en venir aux mains, leurs camarades se divisent en deux bandes, et les ramènent séparément chacun dans la cabane de son père. Cette conduite est bien différente de celle des petits polissons dont nos rues sont remplies, qui, après s'être jeté des pierres, s'arrachent les cheveux, se donnent des coups de pied et des coups de poing, et se mettent quelquefois tout en sang, tandis que leurs camarades, loin de les apaiser, se font un plaisir barbare de les animer davantage.

PIGOCHE. Ce jeu est très-usité à Paris, surtout parmi les enfants du peuple. Il tient un peu de la marelle. On trace un cercle d'environ six pieds de diamètre; au milieu de ce cercle, on tire une ligne, dont les extrémités sont barrées. Les joueurs, au nombre de deux, se placent hors du cercle et jettent chacun une pièce de cuivre le plus proche qu'il leur est possible de la ligne; celui qui s'est le mieux placé essaye, avec une pierre, de faire sortir du cercle la pièce de son camarade; s'il réussit, l'autre lui donne un liard ou un sou, ou même la pièce de cuivre. Si la pièce n'est point sortie du cercle, le second joueur frappe à son tour, et ainsi de suite. Ce jeu s'appelle plus ordinairement le jeu de la *loque;* cependant, on entend par là la petite pierre qui sert à faire sortir la pigoche ou morceau de cuivre. C'est un jeu très-intéressé, et il s'y fait d'assez graves pertes relativement aux facultés des petits joueurs. On ne doit le permettre qu'à condition qu'on ne jouera que des billes, des noix, des épingles, etc., etc.

PONT-LEVIS (Le). Vous avez sans doute vu bien des ponts dans votre vie, des ponts de bois, des ponts de pierre, des ponts de fer, etc. Mais voici un pont qui n'est ni de bois, ni de pierre, ni de fer. Il est formé par des bras humains. En effet, deux personnes désignées par le sort, ou que leur haute taille fait choisir, forment le *pont-levis.* Peu importe que ce soient deux messieurs, ou un un monsieur et une dame; mais jamais un pont-levis n'est fait par deux dames ensemble. Les deux personnes choisies, placées en face l'une de l'autre, en se tenant les mains, se mettent au milieu de l'endroit où l'on joue, et qui est ordinairement une cour, un jardin, etc. Tous les autres joueurs se tiennent à la file et s'avancent vers le pont, qui se leve alors, c'est-à-dire que les deux personnes qui le figurent élèvent les bras très-haut. La troupe baisse la tête à plusieurs reprises pour demander le passage, et le pont-levis répond :

> Trois fois passera,
> La dernière, la dernière :
> Trois fois passera,
> La dernière y restera.

Pour la première fois, la troupe passe sans obstacle sous le pont, en répétant toujours son refrain. A mesure que les personnes placées à la tête passent, elles reviennent, en tournant à droite, vers le pont, et passent de nouveau pendant que le reste de la file s'écoule, ce qui produit un effet charmant. Tout va bien jusque-là; mais, à la troisième fois, le pont-levis s'abaisse sur la troupe, c'est-à-dire que le couple dont il est formé, baissant tout à coup les bras, enferme une des personnes qui passent. Dans ce cas, cette personne se retire du jeu ou donne un gage. Souvent les joueurs placés à la tête de la file, et qui se méfient du tour, passent avec tant de rapidité, que le pont ne peut les saisir. Il en est réduit alors à les arrêter au hasard, car il ne peut songer à couper la tête de la bande que quand il la voit passer en toute sécurité.

POUPÉE. De tout temps, les enfants du premier âge, mais surtout les petites filles, ont eu des poupées. Ces poupées sont coiffées et habillées, autant qu'il est possible, dans le dernier goût et suivant la mode; sans cela on ne les achèterait point. On en vend de tout habillées; mais on en trouve aussi qui n'ont que le corps, et pour ainsi dire la carcasse, et que les enfants se plaisent à habiller à leur fantaisie. Rien ne distrait tant une petite fille que sa poupée; elle cause avec elle, elle la caresse, elle l'embrasse, quand elle en est contente, et la bat quelquefois, si elle trouve que la poupée n'a pas été sage, c'est-à-dire lorsqu'elle-même n'est pas de bonne humeur.

En parlant à sa poupée, elle a soin de répéter ce que sa maman lui dit souvent à elle-même : Mademoiselle, tenez-vous droite; mademoiselle, restez tranquille. Eh bien! qu'est-ce que je dis? Mademoiselle, vous êtes bien méchante aujourd'hui, etc., etc., et une petite tape accompagne cette remontrance. Les grandes filles ont encore des poupées, et, pour se justifier, elles disent que c'est pour s'apprendre à coiffer, à habiller, à couper et à faire des bonnets, des robes, etc. L'époque des poupées se prolonge donc longtemps chez les jeunes filles.

> On a ses hochets en tous temps,
> A tout âge on a sa poupée.

L'usage des poupées est un moyen de connaître le caractère des enfants, et de les former à tout ce que l'on veut. Un enfant traite sa poupée comme vous le traitez lui-même. C'est là que ses petites passions et ses talents naissants s'exercent et se développent. Voulez-vous sa·

voir ce qui se passe dans une maison, connaitre le ton d'une famille, la fierté des parents, et la sottise d'une gouvernante, entendez un enfant raisonner avec sa poupée.

Les poupées ont été en usage de tous les temps pour l'amusement des enfants. Les anciens ensevelissaient leurs enfants morts avec leurs poupées. Les chrétiens eux-mêmes ne se distinguaient point en cela des païens. De là vient qu'on trouve dans les tombeaux des martyrs qui sont autour de Rome les débris de ces figures d'ivoire, parmi les reliques et les ossements des enfants baptisés. Il paraît que les jeunes Romaines ne les quittaient que la veille de leur mariage, et alors elles les portaient en grande pompe dans le temple de Vénus, où elles les déposaient, pour montrer qu'elles renonçaient aux jeux de l'enfance.

Rien n'est comparable a l'attachement des enfants pour leurs poupées. En voici un exemple entre mille. Le feu prit un jour à l'habitation de madame d'Aubigné, mère de madame de Maintenon. Cette dame, voyant pleurer sa fille, lui en fit une vive réprimande. « Faut-il, lui dit-elle, que je vous voie pleurer pour la perte d'une maison! — C'est bien une maison que je pleure, lui répondit sa fille; c'est ma *poupée!* »

Les poupées ne durent pas longtemps entre les mains des petites filles, pas plus que les petits bons hommes, les chevaux, les soldats, etc., entre les mains des jeunes garçons, et les deux sexes semblent s'accorder sur le goût de destruction et de changement, qui est si naturel à l'homme en général.

Qu'on nous permette, en finissant, de citer la fable suivante :

L'ENFANT ET SA POUPÉE

> Certain enfant s'était pris d'amitié
> Pour sa poupée, et de la tête au pié,
> La caressait, l'ornait, lui faisait fête.
> Le lendemain il s'en trouve ennuyé,
> Il la dépouille et lui brise la tête.
> Cet enfant-là, me dit-on, était bête,
> Bête et méchant — Doucement, s'il vous plaît.
> Peuple léger, impétueux, frivole,
> Vous y pouvez prendre quelque intérêt;
> Adorez-vous toujours la même idole?

(NIVERNAIS.)

Le célèbre Petit était doué de cet esprit d'imitation si naturel aux enfants, mais avec cette différence remarquable qu'au lieu de l'exercer, comme eux, sur des sujets proportionnés à la faiblesse de leur âge, il n'était occupé, dans sa jeunesse, qu'à des jeux qui annonçaient déjà son goût pour l'anatomie. Il représentait exactement sur sa poupée tous les bandages et les pansements qu'on faisait à la tête d'un de ses frères qui s'était blessé.

En 1791, un moine de Riga, dans la Pologne, donne à des enfants qu'il rencontre une image de la Vierge. Ces enfants pendent l'image au cou de leur poupée; mais leur mère, qui est veuve, est luthérienne. Donc, c'est par dérision, par impiété, que l'image a été placée par ces enfants au cou de la poupée. La veuve est arrêtée comme sacrilège, ou tout au moins comme fautrice et complice de sacrilège. Elle est condamnée à la mort. Pourtant on surseoit à l'exécution de la sentence; mais, pour apaiser le peuple et satisfaire à la loi, les juges ordonnent que la poupée sera brûlée par la main du bourreau.

POUSSETTE (La). Deux petites filles mettent sur table chacune une épingle, qu'elles poussent à tour de rôle, et celle qui place la première son épingle en croix sur celle de sa camarade gagne une épingle, c'est-à-dire qu'elle ôte une épingle du jeu, d'où le proverbe : *Tirer son épingle du jeu.* Celle qui a perdu remet une nouvelle épingle, et le jeu continue. Comme on le voit, c'est un jeu fort tranquille, et qui ne plairait guère aux garçons. Il paraît qu'il est fort ancien. On le trouve représenté dans un vieux Traité des jeux, imprimé en 1587, avec ces vers :

> Au tambourin on conduit la nonnette,
> Et à côté on joue à la poussette,
> Où mainte espingle entre filles se pert.

PYRAMIDE (La). Il ne s'agit point ici des fameuses pyramides d'Egypte, monuments fastueux de la vanité des anciens Pharaons, dont la plus grande, celle de Chéops, avait coûté, au rapport de Pline et de Diodore de Sicile, vingt ans de travail fait par trois cent soixante mille ouvriers qui avaient dépensé rien qu'en porreaux, ail, oignons et autres légumes, mille six cents talents, c'est-à-dire prés de sept millions.

Les pyramides dont nous voulons parler sont un peu plus modestes et n'exigent pas qu'on dépense, pour les construire, sept millions de légumes! Quatre billes suffisent; on en place trois triangulairement dans un cercle tracé à l'avance, et on met une quatrième par dessus. Un joueur peut alors tirer d'une distance convenue sur la pyramide, et autant il chasse de billes hors du cercle, autant il en gagne. Le gardien de la pyramide est tenu de remplacer les billes perdues. C'est un petit jeu qui amuse assez les enfants, tous les joueurs prenant leur tour à des intervalles marqués.

QUATRE COINS (Les). Une société se trouve-t-elle dans un bois, dans un jardin, sur une verte pelouse, il est rare qu'elle ne se livre pas au joli jeu des quatre coins, que nos pères, nous ne savons trop pourquoi, appelaient aussi du terme peu décent de *pot de chambre*. On ne peut jouer que cinq personnes à ce jeu; mais, dans un bois, il est facile, quand la société est nombreuse, de multiplier les parties de quatre coins. Là, les arbres ne manquent pas, et comme ils présentent de nombreux points d'appui, on peut jouer beaucoup de monde à la fois, sans compter que cela augmente infiniment l'agrément du coup d'œil. Un des joueurs est au milieu des quatre autres placés à quatre coins, c'est-à-dire à quatre arbres également distants les uns des autres et formant un carré. Ces derniers changent de place avec leurs voisins. Pendant qu'ils quittent leur place pour prendre celle d'un autre, celui du milieu cherche à s'emparer d'une place vacante. Celui qui ne trouve plus de place est ce qu'on appelle trivialement le *pot de chambre*, et se met au milieu. Pour que le jeu soit agréable et vif, il faut que les joueurs changent souvent de place, et qu'ils se croisent en biais, c'est-à-dire en suivant une ligne diagonale qui partage l'enceinte. Rien ne serait plus monotone que d'aller toujours en face l'un de l'autre dans la partie la plus courte; on ne laisserait pas assez de chance à celui qui l'est. Il arrive souvent qu'un joueur, après avoir fait signe à son partenaire de venir prendre sa place, se ravise tout à coup et la garde, au grand désappointement du déplacé, qui perd la sienne. Dans ce cas, la justice voudrait que le partenaire qui a trop tardé le fût au lieu du déplacé. Mais, dans les jeux, comme ailleurs, la justice est souvent méconnue, et le dépossédé est bien forcé de prendre son parti. Il peut se venger à son tour.

Tous ceux qui ont été jeunes connaissent le jeu des *quatre coins*. Je ne sais, dit un écrivain, où j'ai vu une allégorie assez piquante et assez vraie dont ce jeu était le sujet. La noblesse, le clergé, l'administration (ou les fonctionnaires publics) et le tiers-état (ou la bourgeoisie) tenaient les quatre *coins*, et le peuple était au milieu semblant toujours attendre, mais en vain, qu'un petit échange de bons procédés entre ces quatre puissances lui facilitât les moyens de modifier et d'améliorer un peu sa position. Cet état de choses n'a guère changé depuis, et sans doute il durera longtemps encore, si ce n'est même jusqu'à la fin des siècles.

QUILLES. Le jeu de quilles consiste à abattre avec une boule un certain nombre de quilles fixé par les joueurs. La boule doit être, pour la grosseur, en proportion de celle des quilles. On peut jouer à ce jeu plusieurs ensemble, en nombre pair ou impair. Celui qui a la boule joue le premier ; et celui que le sort a désigné pour jouer le dernier, met le but, à moins que cet avantage n'accompagne la boule, en vertu d'une convention particulière. Il faut, pour gagner la partie, faire précisément le nombre de quilles fixé ; si on le passe, on crève, dans la supposition même où l'adversaire n'en aurait abattue aucune. Toute quille abattue par autre chose que par la boule, ne compte pas. Un joueur qui jetterait la boule avant que toutes les quilles fussent redressées, recommencerait à jouer. C'est une règle de rigueur, pour celui même qui, ne jouant que pour peu de quilles, aurait fait tomber le nombre requis du côté où toutes les quilles étaient relevées. Toute quille qui tombe quand la boule est arrêtée, ne vaut pas. Il en est de même de celle qui, déjà ébranlée, mais soutenue par une autre, ne tomberait que quand on aurait ôté celle-ci. Celles que la boule, une fois sortie du jeu, fait tomber en y rentrant, ne comptent pas non plus.

Ce jeu ne nous paraît pas mériter l'espèce de mépris dans lequel il est tombé. Il n'a rien de bien fatigant, et exige assez d'adresse pour exercer de temps en temps celle de nos jeunes gens. Il a d'ailleurs un avantage qui n'est point à négliger, c'est de pouvoir s'accommoder à la force proportionnelle des différents âges, par la facilité de varier à volonté le calibre des quilles et de la boule.

Il paraît qu'il y a un jeu qu'on nomme *quille des Indes*. Il consiste à lancer une toupie au milieu des quilles dressées sur un plateau.

Les *quilles sur table* sont de petites quilles rangées sur un plateau, et se redressant au moyen de cordons ; on fait tourner la boule autour d'une flèche à laquelle elle est attachée.

Il y a encore le jeu de *quilles au bâton*. C'est un jeu qui se joue avec sept quilles plus hautes et plus grosses que les quilles ordinaires, que l'on plante l'une près de l'autre dans du sable, et sur la même ligne, et que l'on abat avec des bâtons. Pour gagner, il faut toujours en abattre un nombre pair.

Delille a décrit le jeu de quilles dans les vers suivants :

> Plus loin, un bois roulant de la main qui le guide
> S'élance, cherche, atteint, dans sa course rapide,
> Ces cônes alignés qu'il renverse en son cours,
> Et qui toujours tombant se redressent toujours.

Quelques jours après la bataille de la Marsaille, un soir que Palaprat soupait dans la tente du général Catinat, on parla des différentes qualités des généraux. Le poète, faisant allusion au héros qui était présent, dit : « J'en connais un si simple, que, sortant de gagner une bataille, il jouerait tranquillement une partie de quilles. » A peine eut-il achevé, que Catinat lui repartit froidement : « Je ne l'estimerais pas moins si c'était en sortant de la perdre. »

RAMEAUX (LES). Les rondes où l'on s'embrasse, quelque insignifiant qu'en soit le couplet, sont toujours jolies. Celle-ci est de ce nombre. La société tournoie en chantant sur l'air que vous savez :

> Nous n'irons plus au bois,
> Les rameaux sont coupés,
> La belle que voilà

On désigne une dame placée à la gauche de celui qui conduit la ronde.

> Les ira ramasser.

Le monsieur placé près de cette dame s'écrie :

> J'entends le tambour qui bat

Et là-dessus tout le monde frappe des mains ; puis la dame dit à son tour :

> Maman qui m'appelle.

Puis toute la société chante en chœur :

> Eh ! vite, dépêchez-vous,
> Embrassez la plus belle.

Les personnages désignés s'embrassent et passent à droite. On recommence le couplet pour un nouveau couple, et ainsi de suite jusqu'à la fin.

RANGETTE (LA). Dans Stella, le jeu de la rangette est composé de cinq châteaux de noix, rangés de front à quelque distance l'un de l'autre, et que les joueurs essayent d'abattre avec une noix lancée d'un but marqué.

Mais par *rangette* ou *rangée* on entend aujourd'hui une manière particulière de jouer aux billes. On trace un cercle dans lequel chaque joueur place autant de billes qu'on est convenu d'en mettre. Plusieurs joueurs calent leurs billes du même but, et jouent tour à tour. Faire sortir une bille hors du cercle permet au joueur de recommencer, et ainsi un bon joueur peut nettoyer le rond avant que ses compagnons aient une seule chance. Chaque bille chassée hors du cercle est pour celui qui l'a frappée ; mais si sa bille reste dans le cercle, le joueur n'est pas seulement hors du jeu, il est encore, lorsqu'il a pris quelques billes, obligé de les remettre dans le rond. Quand un joueur frappe avec sa bille celle d'un autre, le joueur dont la bille est ainsi frappée est dehors ; et s'il a pris quelques billes, il doit les mettre dans la main du joueur qui a frappé sa bille

RONDE DES CAPUCINS. Presque toutes les rondes, comme on a pu le voir jusqu'à présent, ont pour objet d'imiter quelque métier, quelque profession. En voici une qui a choisi pour modèle les capucins. Une bande joyeuse d'enfants se forme en cercle, comme dans toutes les rondes, puis dansant, sautant en rond, elle chante le couplet suivant :

La ronde des capucins, voin-voin,
La ronde des capucins.
Les capucins font ci… les capucins font ça…
La ronde des capucins, voin-voin,
La ronde des capucins.

Et qu'est-ce que c'est que *ci* et *ça?* Ce sont tout bonnement deux tours que l'on fait sur soi-même, après que tous les danseurs se sont quitté les mains. Ce sont aussi deux grands gestes imitant ceux que font les prédicateurs, ou bien encore c'est l'action de tendre la main et de jeter quelque chose par-dessus son épaule, comme pour imiter un capucin mendiant et mettant dans sa besace l'aumône qu'il a reçue. Cette jolie petite ronde est aussi facile qu'agréable ; elle amuse beaucoup les enfants.

SABOT (Le). C'est un jouet bien connu des enfants et auquel ils s'exercent principalement pendant l'hiver. Il a une forme ronde et finit en pointe par le bas. On le fait pirouetter à l'aide d'un fouet ou d'une lanière. On dit que le sabot *dort*, quand, à force d'avoir été fouetté, il tourne si vite sur un même point, qu'on dirait qu'il est immobile. On peut à jouer à deux, et alors le jeu n'en devient que plus amusant, car c'est à qui fera faire au sabot plus de chemin en moins de coups.

Il existe aussi des sabots que l'on nomme *champignons* ou *corniches*, parce qu'ils en ont à peu près la forme. Un seul coup de lanière suffit pour les lancer à une grande distance, parce qu'ils sont tournés d'une manière particulière et plus légers que le sabot proprement dit.

SAUT DE MOUTON. Les enfants, les adultes, les hommes même, qui ne joue au *saut de mouton?* C'est un jeu très-amusant, et qui exige un jardin, une promenade, un endroit vaste ; plus il y a de joueurs, mieux vaut le jeu ; mais il faut, autant que possible, qu'ils soient tous de la même taille et de la même agilité. Supposons qu'il y en ait une douzaine, onze se mettront en rang, séparés de cinq à six mètres, leurs figures dans la même direction, les bras pliés, ou les mains posées sur les cuisses, leurs têtes penchées en avant, de manière que leurs mentons soient appuyés sur leurs poitrines, le pied droit avancé, le dos un peu courbé, les épaules arrondies et le corps ferme. Le douzième joueur saute par-dessus celui qui le précède, ensuite par-dessus le suivant, ainsi du reste. Les autres se relèvent successivement et en font autant à leur tour. A mesure que l'on a sauté, on reste debout, à moins que, par une convention particulière, on veuille se remettre cheval devant le premier. Le sauteur maladroit est tout de suite réduit à cette condition. Quand les joueurs sont d'égale force, ils parcourent en peu de temps un grand espace, et rien n'est plus agréable à voir jouer.

Il paraît que ce jeu, à Londres, se joue différemment. Un joueur se met les mains sur les genoux, le corps presque en deux, et se tourne de côté vers les sauteurs, au lieu de leur présenter le dos. Les sauteurs prennent leur élan à peu de distance. Celui qui saute le plus loin est reconnu le meilleur joueur. Mais ce jeu n'est pas aussi amusant que le nôtre, et celui sur lequel on doit sauter reçoit un plus grand choc des sauteurs, et court le danger d'être culbuté ou d'être cogné à la tête par leurs genoux.

Dans les oasis du Sahara algérien, quand vient le printemps, on joue au saut de mouton, qu'on appelle *âsmallah-kâch*.

SAUTOIR (Le). Dans une cour, dans un jardin, dans un parc, on creuse un fossé d'environ un mètre trente centimètres de largeur sur soixante-six centimètres à un mètre de profondeur et six mètres soixante centimètres ou huit mètres de longueur. On y met du sable ou sablon. Au milieu d'une des extrémités de cette fosse, il y a une pierre en talus. On s'éloigne jusqu'à un terme fixé ; on court pour prendre son élan de dessus la pierre, et on saute plus ou moins loin. On a vu des enfants, ou plutôt des jeunes gens, sauter jusqu'à vingt et un pieds de long. Mais, comme le plus grand nombre ne saute qu'environ huit ou dix pieds, il s'y forme un trou qu'on est obligé de combler de temps en temps, en y jetant du sablon, et, avec une bêche, on remue le sablon qui s'était durci.

Dans le *Perroniana*, on fait dire au cardinal du Perron que, dans sa jeunesse, il avait sauté vingt-deux semelles dans une allée de son jardin de Bagnolet, et qu'étant devenu vieux, il voulut que cette allée fût conservée, bien que la disposition de son jardin fût entièrement changée.

Quelquefois, au delà de la pierre, et sur le fossé même, deux enfants tiennent une corde, sur laquelle les joueurs viennent sauter l'un après l'autre. Celui qui emporte la corde avec le pied ne joue plus. Au premier tour, on la met à la hauteur des boutons du bas de la veste ; à chaque tour on l'élève d'un ou de deux boutons ; à mesure qu'on l'élève, le nombre de ceux qui peuvent sauter diminue, et celui qui reste le dernier a gagné. Quelquefois, vers la fin, les enfants élèvent la corde au-dessus de leur tête. Cette méthode de tenir une corde, une jarretière, etc., est préférable à celle de tenir un bâton élevé, sur lequel on sauterait ; de cette dernière manière on pourrait se blesser.

Rabelais parle de jouer au *saut du buisson*. Les enfants sautent sur un petit buisson, ou, ce qui est moins dangereux, sur un petit monticule de sable.

Un autre jeu de sautoir ou de saut consiste à mettre d'abord deux ou trois chapeaux l'un sur l'autre ; on saute par-dessus. Au second tour, on ajoute un quatrième chapeau, puis un cinquième, etc. Celui qui fait tomber un chapeau ne joue plus. On peut convenir que l'on sautera à pieds joints ; mais l'usage ordinaire est de sauter les pieds écartés.

M. de Grammont, depuis maréchal de France, entra un jour chez le cardinal de Richelieu sans avoir été annoncé. Ce grand ministre, pour prendre de l'exercice, sautait contre le mur le plus haut qu'il pouvait. M. de Grammont, en habile courtisan, met bas son habit : « Je parie, monseigneur, dit-il au cardinal, que je saute mieux que Votre Éminence, » et il se met aussitôt à sauter. Un autre se serait retiré tout honteux, et, par là, le cardinal aurait été lui-même embarrassé. Ce tour adroit ne fit point la fortune du maréchal, comme on l'a prétendu, puisqu'il avait déjà épousé une parente du cardinal ; mais il fut cause que celui-ci l'estima, et le protégea encore davantage.

SIAM. On l'appelle le jeu de Siam, ou le jeu de quilles à la siamoise. Ce jeu est plus agréable que celui des quilles ordinaires ; néanmoins, il nous semble qu'il n'exerce pas autant le corps, et que le hasard y joue un rôle presque aussi grand que l'adresse. Au lieu de boule, on se sert à ce jeu d'une espèce de disque d'un bois dur et compacte, dont la tranche est un peu en talus, de manière qu'en le lançant il fait plusieurs fois le tour des quilles. Dans son tour, il forme une spirale rentrante, et, à la fin, il renverse ordinairement quelques quilles. On le joue dans une chambre, ou même dans une allée, pourvu qu'elle soit bien aplanie et bien battue.

Ce jeu peut s'être introduit en France, lors de l'arrivée des ambassadeurs de Siam, sous Louis XIV.

Il faut bien connaître le terrain sur lequel on joue, l'inclinaison qu'il faut donner au disque, et le mouvement qu'on doit lui imprimer, et qui dépend de la force avec laquelle on doit le lancer. L'habitude y fait beaucoup, et il y faut de l'expérience. Cependant le hasard, ou plutôt le moindre heurt, la moindre inégalité du terrain, peut déconcerter les mesures les mieux prises.

TAPETTE (La). C'est l'une des variations du jeu de billes. On peut, à volonté, y jouer deux ou plusieurs. Le premier joueur lance contre un mur, et mieux encore contre une pierre polie, une bille, qui roule sur un terrain préparé à cet effet. Le second frappe la pierre ou le mur à son tour, de manière que sa bille aille toucher celle de son adversaire ; s'il réussit, il gagne cette bille ; dans le cas contraire, il laisse la sienne à terre. L'autre joueur joue de nouveau, et ainsi de suite, jusqu'à ce que la bille lancée contre la pierre ait touché une ou plusieurs de celles qui ont été lancées auparavant. Toute bille ainsi touchée appartient à celui qui a *tapé*. Ce petit jeu, qui demande quelques combinaisons, sans aucune fatigue, conviendrait aux petites filles comme aux garçons ; cependant, il n'est guère d'usage que pour ces derniers.

TIRE-PAVÉ. On sait qu'il consiste en une rondelle de cuir mouillé, traversée au milieu par une forte ficelle, et que les écoliers l'appliquent exactement sur une pierre, en ayant soin qu'il ne reste pas d'air entre les deux surfaces. La pression de l'air extérieur, qui n'est plus équilibrée, suffit pour faire adhérer le cuir à la pierre, de manière à permettre de soulever celle-ci. Cette pression équivaut à environ quinze livres par pouce carré. Le tire-pavé des écoliers est fondé sur le même principe qui fait que certains animaux marchent dans une position renversée, tels que la mouche, le lézard de Batavia et le cheval marin.

TOUPIE (La). Le jeu de la toupie ou sabot, que les Grecs nommaient *bembix*, et les Latins *turbo*, parce qu'on fait tourner la toupie, consistait, comme il consiste encore, à faire tourner avec des courroies ou un fouet de lanières un morceau de bois ayant la forme d'un cône ou pain de sucre renversé, par le bas, et à le faire changer de place. Tibulle, Perse et Virgile parlent de ce jeu, que les Grecs appelaient aussi *stromhon, strobilon* et *bembéca*. Les enfants criaient, en jouant à ce jeu : *Tèn kata sauton ela, tu tibi sume parem* (prenez une toupie proportionnée à vos forces). Le philosophe Pittacus, consulté par un homme qui était embarrassé sur le choix d'une femme, lui conseilla d'écouter ce que disaient les enfants qui jouaient à ce jeu. Il entendit qu'ils disaient : *Tu tibi sume parem.* Ce qu'il fit, il s'en trouva bien. Rabelais dit jouer *à la trompe, jouer au moine,* et c'est le même jeu. En Anjou et en Touraine, on dit encore *jouer à la trompe,* et en Dauphiné, on dit *jouer au moine.*

La toupie diffère du sabot en ce que le bois en doit être plus compacte, que le fer en doit former une tête forte et conique, enfin en ce que, pour la faire tourner, on l'entoure, de bas en haut, d'une grosse ficelle très-torse dont on retient un bout dans un œillet fixé à l'index de la main qui la lance. Le fouet dont on se sert pour animer le sabot ferait mourir la toupie : plus elle est lancée rapidement, plus elle tourne longtemps. Le jeu du sabot était le seul qui fût connu des anciens. Il faut observer cependant que les deux mots sont quelquefois synonymes, et qu'on dit souvent *toupie* lorsqu'il faudrait dire *sabot.* La toupie entrait dans certaines comparaisons, même dans la poésie épique. Virgile dit de la reine Amate, rongée de soucis et qui courait par toute la ville : « Semblable à ce jouet de l'enfance qui, tournant rapidement autour de son centre, et traçant dans un vaste lieu plusieurs cercles par son mouvement, est admiré de la jeune troupe ignorante qui l'entoure, et qui le réveille sans cesse à coups de *fouet.* » Tibulle, après avoir dit qu'il jouissait autrefois de sa tranquillité, dit : « Maintenant je suis agité comme une toupie fouettée par un enfant, dans un lieu propre à cet exercice. »

On peut jouer seul à la toupie, mais le jeu est bien plus amusant lorsqu'on est deux ou plusieurs joueurs. On trace alors un cercle dans lequel le premier joueur lance sa toupie. Après l'avoir laissée tourner quelque temps et qu'elle *dort,* un autre joueur lance sa toupie contre celle de son adversaire et tâche de la frapper ; les autres joueurs s'efforcent aussi successivement d'abattre les toupies les uns des autres. Une toupie peut être lancée avec tant de force sur une autre qu'elle la brise. Quand on joue seulement à deux, le gagnant est celui dont la toupie vit plus longtemps.

Dans l'ancien français la toupie s'appelait *baudufle* ou *baudufe.* En anglais, on la nomme *gigg* ou *topp.* Dans l'Orient, le jeu de la toupie s'appelle quelquefois *mitsor,* surtout en Mésopotamie.

TOUPIE D'ALLEMAGNE. Les Allemands ont une espèce de toupie qu'ils nomment *Habergeiss* (chèvre à avoine), et qu'on pourrait appeler la *toupie ronflante.* L'*Habergeiss* en usage en Allemagne, et surtout à Strasbourg, est un morceau de bois de chêne ou de buis creux et façonné en forme de poire. Les plus grosses toupies allemandes ont quelquefois près de quatorze centimètres de diamètre, avec une queue grosse et longue à proportion. La tête est goudronnée à l'intérieur de poix noire, qu'on y a versée par une ouverture pratiquée à l'un des côtés et grande et carrée comme un dé à jouer. On tortille à l'entour de cette queue une ficelle de fouet comme aux toupies ordinaires. On fait passer la queue dans une espèce de clef, percée en forme d'anneau dans la partie plate, et le reste de la ficelle est passée à travers une petite ouverture faite exprès dans un des côtés de cette espèce d'anneau. Celui qui veut jouer empoigne de la main gauche ce bout de ficelle, et de l'autre le manche de la clef ; et à l'instant même, écartant avec roideur ses deux bras, la corde, qui vient à se dévider fort vite, chasse hors de la clef l'*Habergeiss,* et la jette sur sa queue à terre où pendant assez longtemps elle fait un bruit capable d'épouvanter ceux qui n'en connaîtraient pas la cause.

VOLANT. C'est assurément l'un des plus jolis jeux. Il plaît à tous les âges ; les dames, les jeunes gens, à la ville et à la campagne, aiment à s'y livrer. On sait que le volant est une espèce de rondelle de liége dans laquelle on enfonce une couronne de petites plumes ; au-dessous du liége est du son contenu dans une petite bourse d'étoffe brillante ou de velours. On lance le volant avec une raquette, petit treillis de cordes d'agneaux à mailles serrées, qui est retenu par un cercle allongé, que termine une poignée de bois. On y joue ordinairement deux, mais quelquefois trois ou quatre ; et alors, le troisième et le quatrième prennent la place de ceux qui manquent. Le volant doit toujours être en l'air ou sur la raquette, de manière que, lorsqu'il est près de tomber, le joueur à qui il a été renvoyé, le reçoive et le repousse avec sa raquette : on se le renvoie ainsi l'un à l'autre. Celui qui ne le prend pas et qui le laisse tomber, ou qui l'envoie hors du jeu, ne joue plus.

Pour jouer avec succès au volant, il ne faut ni s'agiter, ni courir de côté et d'autre, mais poursuivre seulement le volant de l'œil dans les airs, le guetter et se tenir prêt à le repousser.

Comme en Anjou les plumes qui garnissent la rondelle du volant sont des plumes de grièches ou pies-grièches, ou de perdrix grises, le commentateur de Rabelais croit que c'est le jeu que celui-ci appelle la *grièche*. Dans le Maine, on dit jouer au *cocquantin*, et Rabelais se sert aussi de ce mot, qui vient de ce qu'autrefois on faisait le volant avec des plumes de coq. Il emploie encore le mot de *picandeau*, qui est le nom du volant dans le Lyonnais, où il est fait de plumes de pies noires et blanches. Il est cependant difficile de croire que Rabelais ait voulu parler du même jeu, sous trois dénominations différentes. A Troyes, en Champagne, le volant s'appelle *pilrotiau*.

Le jeu du volant dérive de la paume. Il est postérieur à l'invention de la raquette. Le volant est d'origine française, et n'a pas plus de deux siècles d'ancienneté.

Les règles de ce jeu ne sont pas faites, et les joueurs, en commençant une partie, ont soin d'en établir à leur choix.

C'est exclusivement un jeu de jardin ; car, dans un appartement, le volant se loge à chaque instant, et peut casser les glaces, les vitres, etc. La reine Christine aimait à jouer à ce jeu. Elle pressa un jour le savant et grave Bochart, qu'elle avait attiré à sa cour, d'y jouer avec elle. Bochart ôta son manteau, et se mit à jouer. Ses amis lui en firent, dit-on, la guerre, et lui dirent qu'absolument il devait refuser de le faire. Leur délicatesse était très-mal fondée ; et certainement Socrate, Esope, etc., n'auraient pas été de leur avis.

Dans les Jeux de Stella, le volant a une forme singulière ; ce n'est qu'une espèce de bouchon qui n'a que deux plumes. On le pousse, non avec une raquette, mais avec un petit battoir.

Frédéric, roi de Prusse, s'amusait un jour, étant enfant, dans un appartement où travaillait Frédéric II, son grand-oncle. Il laissa tomber son volant sur la table du roi, qui le prit et le lui donna. L'enfant le laissa tomber une seconde fois. Le monarque le prend de nouveau, et le lui rend encore, mais avec un air d'impatience et de mécontentement. Le jeune prince, sans s'embarrasser de la mauvaise humeur du monarque, continue de jouer, et laisse tomber, pour la troisième fois, le volant sur la table. Le roi le prend aussi pour la troisième fois, mais il le met dans sa poche. L'enfant le prie de lui rendre son volant, dans les termes respectueux qu'il devait employer. Le roi fait la sourde oreille. Le petit prince le demande une seconde fois dans les mêmes termes du respect, et n'en obtient pas davantage. Alors, prenant un air de menace, il dit à son grand-oncle : « Plaira-t-il bientôt à Votre Majesté de me rendre mon volant ? Répondez oui ou non. » Alors le monarque, enchanté de la fierté et de la hardiesse de son petit-neveu, qui pouvait devenir son successeur, lui dit : « Tiens, voilà ton volant. Tu es un brave garçon et je vois bien qu'ils (les Allemands) ne te reprendront pas la Silésie. » (*Journal de Bouillon*, 1787.)

VOLANT AVEC LES PIEDS (Le). S'il faut en croire les récits des voyageurs et les relations plus ou moins véridiques des ambassadeurs, tant hollandais qu'anglais ou russes, les jeux gymnastiques des Grecs seraient à peine comparables aux jeux et aux exercices athlétiques des Chinois. Leurs lutteurs, leurs gladiateurs, sont des hommes extraordinaires. Les combats se passèrent avec humanité et surtout avec beaucoup d'adresse, dit l'historien de l'ambassade envoyée par Pierre le Grand en 1721 : on le jugera ainsi quand on saura que ces gladiateurs, peu semblables à ceux des Romains, avaient les jambes dans des bottes énormes, et le corps embarrassé par de longues robes.

Nos jeunes Chinois, pour s'escrimer au volant, ont pris leurs précautions à cet égard : leurs robes sont relevées et maintenues dans leur ceinture. On peut ainsi se faire une idée exacte de la forme de leurs souliers à semelle épaisse, de leurs bas larges et piqués, et de l'espèce de culotte que ces bas recouvrent vers le genou. L'un d'eux a sur la tête le feutre avec la touffe de crin rouge. La queue longue et mince du second est rattachée en forme de cercle sur son front. On ne saurait s'imaginer la dextérité de ces jeunes gens dans leurs différents exercices. Sept ou huit d'entre eux, rangés en cercle, s'amusent à jouer au volant ; ils n'ont point de raquettes, et ne se servent pas de leurs mains ; ils poussent le volant avec le bout du pied, et le chassent avec force. Ils manquent très-rarement leur coup.

Le volant est fait d'un morceau de cuir sec, roulé en boule et lié avec un cordon. Dans le cuir on enfonce trois longues plumes qui divergent vers le haut, mais sont très-rapprochées par le bas. Les trous où elles sont implantées sont au centre d'une pièce de monnaie de cuivre. On place au fond du volant deux ou trois de ces pièces, afin de lui donner du poids. Souvent ils lancent à la fois jusqu'à cinq volants, et se les renvoient, sans se tromper, sans les laisser toucher la terre, pendant un temps très-long, et toujours avec les pieds ; car il n'est pas permis aux mains de s'en mêler. Convenons que cette manière de jouer au volant aurait de la peine à prendre parmi nos écoliers, quelque ardeur que l'amour du plaisir leur inspire. Mais nous sommes devenus une nation pensante, raisonnable, et les Chinois sont encore et resteront longtemps un peuple d'enfants.

www.ingramcontent.com/pod-product-compliance
Lightning Source LLC
LaVergne TN
LVHW012017180726
843502LV00005B/1756